Lady of Lust

Heiße Lust

und

Flammende Begierde

Impressum

Herstellung und Verlag:
BoD - Books on Demand, Norderstedt

ISBN 978-3-7322-3136-2

25. Februar 2013

Kapitel 1

Vorsichtig fuhr Chris unter den Bäumen hindurch, deren Äste teilweise sehr tief hingen und das Auto streiften. Er konnte sich kaum konzentrieren, denn Judy, seine Freundin, hatte sich hinunter gebeugt und während er fuhr, seine Hose geöffnet, den Reißverschluss herunter gezogen und sich seines Schwanzes bemächtigt. Nun saugte sie kräftig an seiner Eichel und massierte mit ihrer rechten Hand den Schaft seines erigierten Gliedes. Chris hatte große Mühe, sich auf das Autofahren zu konzentrieren. Es war sein letzter Tag bevor er mit seinem Freund und Zimmerkameraden Matthew während der Semesterferien in dessen Heimat fliegen würde. Er freute sich auf die Ferien und vor allen Dingen darauf, endlich Schottland kennen zu lernen. Dort wohnte Matthew mit seinen Eltern in einem alten Gemäuer, wie Matthew sich ausdrückte. Am Anfang kam Chris überhaupt nicht mit der kühlen, distanzierten Art von Matthew zurecht, aber mit der Zeit wurden sie beide richtige Freunde.

Chris war der Frauenschwarm des Colleges und Matthew der Denker und Philosoph. Er sah sehr gut aus, genau wie Chris, aber im Gegensatz zu ihm, hielt Matthew die Mädchen auf Distanz. Erst als Chris Judy kennen lernte, wurde er etwas ruhiger. Er hatte sich das erste Mal in seinem Leben wirklich verliebt.

Im College war es streng verboten, dass sich die Mädchen und Jungen gegenseitig in ihren Zimmern besuchten. So mussten Liebespaare wie Judy und Chris sich einen geeigneten Ort suchen, um sich zu lieben und Sex zu haben. In ihrem Fall war es das Auto von Chris, das ihnen als Liebesnest diente. Nicht gerade bequem, aber sehr romantisch. Endlich hatte Chris die Stelle erreicht, von dem sie beide glaubten, unbeobachtet und ungestört zu sein. Es war Vollmond, und er schien direkt in ihr Auto. Chris zog an den Haaren von Judy, um sie zu bewegen, seinen Schwanz für einen Moment aus ihrem Mund zu nehmen, denn er wollte die Sitzlehnen nach hinten klappen. Dafür musste er sich aber erst einmal ganz umdrehen. Doch Judy hatte sich festgesaugt und wollte seinen Penis nicht loslassen. Flink züngelte ihre Zunge in der kleinen Spalte am oberen Ende seiner inzwischen dick angeschwollenen Eichel hin und her, auf der gierigen Suche nach den ersten Liebestropfen, deren Geschmack sie so sehr liebte. Chris bemerkte, wie seine Erregung stieg und versuchte mit zitternden Fingern, seine Gürtelschlaufe zu öffnen, damit er seinen Schwanz mitsamt den Hoden ganz aus der Hose herausholen konnte.

Judy hatte es bemerkt und half ihm dabei, seinen Schwanz immer noch in ihrem Mund. Ihre Augen, die auf sein Gesicht gerichtet waren, offenbarten ihre Geilheit. Es konnte ihr nicht schnell genug gehen und als Chris endlich seine Hose etwas hinunter geschoben hatte und sein Schwanz frei war, ergriffen auch ihre Hände von ihm Besitz. Ihre Lippen gaben seine Eichel für einen Moment frei während ihre rechte Hand sich um seine beiden Eier legte und sie anfing diese sanft zu massieren. Gleichzeitig wichste ihre linke Hand seinen inzwischen dick angeschwollenen und erigierten Penis immer heftiger. Niemand konnte so gut einen Penis mit dem Mund befriedigen, wie Judy. Dafür, dass sie erst vor ein paar Monaten das erste Mal Sex mit ihm hatte und er überhaupt der erste Mann in ihrem Leben war, machte sie es richtig gut.

Langsam stülpte sie erneut ihre vollen Lippen über seine Eichel, saugte sich fest an ihr, um sie nach einer Weile wieder loszulassen und in ihrer kleinen Spalte am oberen Ende mit der Zunge nach Liebestropfen zu suchen. Immer wieder saugte sie sich fest, massierte seine Eier und rieb den Schwanz kräftiger auf und ab. Es dauerte nicht lange und Chris kam. Er drückte seinen Schwanz bis an ihren Schlund und spritzte ab, tief in ihren Mund.

Gierig saugte sie sein Sperma aus ihm heraus, bis sie sicher war, dass nichts mehr nachkam. Dann legte sich ein Lächeln auf ihren Mund, und sie küsste die Spitze seines Schwanzes so zärtlich, dass es Chris ganz warm wurde. Er liebte diese Frau und sie ihn. Es war schade, dass sie nicht mit nach Schottland kommen konnte. Ihre Eltern hatten andere Pläne, und so musste sie gehorchen, ob sie wollte oder nicht. Judy war zwar schon 18 Jahre alt, aber ihre Eltern bestanden darauf, dass sie sich unterzuordnen hatte. Noch hörte sie auf ihre Eltern. Chris wollte sich nicht vorstellen was passieren würde, wenn ihre Eltern wüssten, was sie in ihrer Freizeit so trieben. Er war sich sicher, dass sie glaubten, ihre Tochter sei noch eine Jungfrau. War sie auch, bis sie Chris kennen lernte.

Die ersten paar Mal, in denen Judy und Chris miteinander ausgingen, passierte außer ein paar heißen Küssen nichts. Erst als sie diese kleine Lichtung auf der Suche nach einem geschützten Ort fanden, hatten sie das erste Mal Sex miteinander. Erst küssten sie sich zärtlich, doch nach einer Weile wurden die Küsse intensiver und fordernder. Chris schob seine Hand unter ihren Rock und versuchte, mit seinen Fingern unter ihr Höschen zu gelangen. Viele Male zuvor hatte Judy ihn in diesem Moment weg gestoßen, doch an diesem Abend hielt sie still. Erst als er versuchte, einen Finger in ihre feuchte Vagina zu schieben, begehrte sie auf.

Doch jetzt war Chris viel zu erregt, um aufhören zu können. Mit einem geübten Griff ließ er die Rücklehne seines Sitzes zurückfallen, und Judy fiel mit ihr. Ihre Beine flogen mit, und Chris hob in diesem Moment ihren Rock hoch und entblößte so ihren Unterleib. Stöhnend beugte er sich über ihr Gesicht und drückte seine Zunge tief in ihren Mund.

Seine Erregtheit erschreckte Judy, denn noch nie hatte sie erlebt, wie ein Mann kurz vor dem Abspritzen reagierte. Sein heißer, schwerer Atem, seine suchenden, fordernden Finger in ihrem Höschen und seine andere Hand, die versuchte, an ihren Busen zu gelangen, erregten sie aber auch gleichzeitig.

„Bitte, mein Schatz, bitte Judy, entspanne dich, es wird wunderschön für dich sein,"
stöhnte Chris in ihr Ohr. Sein Atem ging noch heftiger, und er konnte sich kaum noch zurück halten. Hastig nestelte er an seinem Reißverschluss und konnte ihn endlich öffnen. Mit der einen Hand noch immer im Höschen von Judy, versuchte er mit der anderen Hand seine Hose etwas hinunter zu schieben, um seinen Schwanz heraus holen zu können. Judy versuchte, sich zu entspannen, doch die Angst vor dem, was jetzt passieren würde, war zu groß. Endlich hatte Chris seinen erigierten, harten Penis befreit und

versuchte mit zitternden Fingern, die linke Hand von Judy um ihn zu legen. Vorsichtig befühlte Judy seinen Schwanz und zuckte im selben Moment zurück. Noch nie in ihrem Leben hatte sie einen erigierten Schwanz gesehen und nicht gewusst, dass er so groß und so dick sein konnte.

Wieder legte Chris ihre Finger um sein Glied und hielt sie fest. Zusammen mit ihr fing er an, den Schaft seines Schwanzes zu reiben. Erst ganz langsam und zärtlich, dann schneller und härter. Doch noch wollte er nicht kommen, wollte diese geilen Minuten vor der Erektion voll auskosten.

„Sieh ihn dir an, bitte Judy, bitte."

Chris hatte sich über sie gekniet, und sein Schwanz war genau über ihrem Gesicht. Etwas scheu sah sie auf seinen aufgerichteten Penis, um aber sofort wieder ihren Blick von ihm abzuwenden.

„Ich möchte, dass du ihn leckst, bitte Judy, zeig mir, dass du mich liebst.

Judy hielt ihre Augen fest geschlossen und schüttelte ihren Kopf.

„Bitte Judy, bitte."

Chris drückte seine Eichel, in deren Spalte die ersten Liebestropfen glitzerten, an ihre Lippen, die sie fest zusammen presste.

„Bitte Judy, bitte leck ihn, bitte."

Die Erregtheit in seiner Stimme und der bittende Ton ließen sie ihre Augen öffnen. Staunend sah sie auf seine pralle Eichel, und ihre Lippen öffneten sich einen kleinen Spalt. Chris bemerkte es und drückte seine Eichel dagegen. Nicht hart, nur so viel, dass sie ihn schmecken konnte.

In dem Moment, als sie protestieren wollte, drückte er seine Eichel ganz in ihren Mund und fing an, seinen Schwanz heftig in sie hinein zu stoßen.

Dann zog er ihn wieder heraus und stieß ihn wieder hinein, und Judy ließ es zu. Sie wehrte sich nicht mehr, sondern schien Gefallen daran gefunden zu haben, und ihre Augen zeigten ihm, dass sie anfing, es zu genießen. Gerade als er seinen Penis wieder aus ihrem Mund ziehen wollte, um erneut zuzustoßen, saugte sie sich mit ihren Lippen an seiner Eichel fest und ließ ihn nicht mehr hinaus, bis er ihren Mund mit seinem Sperma gefüllt hatte.

Da sie nicht wusste, was sie mit seinem Erguss machen sollte, schluckte sie es einfach hinunter. Chris hatte seit Wochen keinen Sex mehr gehabt, und die Menge war daher groß.
„Du schmeckst sehr salzig,"
war das Erste, was sie sagte, als er vorsichtig seinen Schwanz aus ihrem Mund herauszog.
„Du bist wunderbar, Judy. Ich liebe dich."
Seine Hände streichelten über ihr Gesicht und liebkosten sie. Eine ganze Weile blieben sie eng nebeneinander liegen und sahen auf den vollen Mond, der sie bei ihren geheimen Spielen beobachtete. Doch Chris hatte noch nicht genug, sein Penis fing wieder an, sich bemerkbar zu machen. Er drehte sich auf die Seite und fing an, die Knöpfe von Judys Kleid zu öffnen. Sie wehrte sich nicht, sondern sah ihn mit erwartungsvollen Augen an. Dann zog er es ihr über den Kopf, und nun lag sie fast nackt vor ihm. Die Brustwarzen ihrer festen, nicht allzu großen Brüste standen ab und verrieten Chris, dass auch sie erregt war.

Zärtlich leckte er ihre beiden Brustenden und saugte sie abwechselnd. Dabei ließ er seine Hand unter den Rand ihres Höschens gleiten und schob es langsam nach unten. „Bitte hebe deine Beine, Judy."

Mit einer Hand ihre Scham bedeckend, hob sie ihre Beine leicht an, um ihm das Herunterziehen ihres Schlüpfers zu erleichtern. Kaum hatte er ihn ganz ausgezogen, hob er ihre beiden Beine hoch und drückte sie nach hinten. Dabei spreizte er sie weit, und nur ihre kleine Hand verdeckte noch ihre Scham. Judy zitterte am ganzen Körper, aber nicht vor Angst, sondern eine ihr noch unbekannte Erregtheit hatte ihren Körper befallen.

„Halte deine Beine fest, bitte Judy, unter den Kniekehlen."

Doch Judy wollte ihre Scham nicht freigeben.

„Judy, bitte, ich möchte dich ansehen, alles an dir, bitte Judy, ich liebe dich doch."

Ganz langsam löste sie ihre Hand und gab ihre Scham seinen erregten Augen preis. Dann griff sie nach ihren Kniekehlen und zog ihre Beine so weit sie nur konnte auseinander.

„Du bist wunderschön,"

stöhnte Chris und betrachtete sie ausgiebig.

Langsam beugte er seinen Kopf und begann, sie zwischen ihren Schamlippen zu lecken. Judy fing an zu stöhnen, und es verriet ihm, dass sie es genoss, genau wie er. Der Duft, den ihre Scham ausströmte, erregte ihn noch mehr, und er konnte sich nicht mehr zurückhalten.

Obwohl Chris sehr vorsichtig und zärtlich versuchte, seinen Penis in ihre Vagina hinein zu schieben, empfand Judy doch große Schmerzen und blutete stark. Danach wollte sie ihn eine Zeitlang nicht mehr sehen, und Chris wusste nicht, was er machen sollte. Nachdem ein ganzer Monat vergangen war, ohne dass sie sich gesehen oder gesprochen hatten, schrieb Chris ihr einen wundervollen Liebesbrief. Judy kam noch am selben Abend zu ihm und bat ihn um eine Unterredung.

Wieder fuhr er zu der kleinen Stelle im Wald, in der er sie entjungfert hatte. Doch als er sie in seine Arme nehmen wollte, wehrte sie ihn ab.

„Bitte Chris, bitte nicht. Ich will das nie wieder tun, das tut viel zu weh."

„Das ist doch nur beim ersten Mal so, Judy. Glaube es mir bitte."

Tief sah er in ihre Augen, und Judy schmolz dahin. Sie liebte ihn und hätte in diesem Moment alles für ihn getan.

„Fass ihn einmal an, bitte Judy. Nimm meinen Penis in die Hand, er wartet so darauf und ist schon ganz steif."

Erst widerwillig, doch dann ganz zärtlich, begann Judy, seinen erigierten Schwanz zu streicheln.

„Fester, Judy, bitte massiere ihn fester. Er mag das,"

keuchte Chris und küsste sie innig. Tief steckte er seine Zunge in ihren Mund und forderte sie so auf, daran zu saugen. Was Judy auch sofort tat.

„So musst du meinen Schwanz in den Mund nehmen, bitte Judy, wenigstens die Eichel. Bitte sauge daran."

Chris keuchte ihr diese Worte in ihr Ohr, und Judy reagierte erschrocken über seine plötzliche Wildheit. Doch sofort küsste Chris sie wieder zärtlich und drückte dann ihren Kopf nach unten, direkt über seine dick angeschwollene Eichel, in deren kleiner Spalte die ersten Liebestropfen im Mondschein schimmerten.

„Bitte Judy, bitte. Leck ihn, Judy, bitte, saug sie, ich bitte dich, Judy."

Vorsichtig stülpte sie ihre Lippen über seine riesige Eichel und saugte daran, um sie sofort wieder loszulassen. Chris, der laut aufstöhnte, drückte ihren Kopf wieder nach unten.

„Komm Judy, leck meine ersten Töpfchen aus der kleinen Spalte der Eichel, bitte Judy, lass mich deine Zunge spüren. Das fühlt sich so gut an, bitte Judy, bitte."

Und Judy nahm seinen Schwanz wieder in ihren Mund, und dieses Mal saugte sie sich richtig fest an seiner Eichel, was ihn laut aufstöhnen ließ.

„Du bist gut, Judy, meine kleine Judy, ah, das ist gut, ja, Judy das machst du gut, oh, ja. Bitte massiere den restlichen Schwanz mit deiner Hand, ganz fest, bitte Judy, ja, so ist es gut, ja, Judy, ja, oh!"

Und in dem Moment spritzte er sein Sperma in ihren Mund. Erschrocken von der Menge seines Spermas zog sie ihren Kopf von seinem Schwanz.

„Leck es, bitte Judy, leck mein Sperma, leck meinen Schwanz sauber, bitte Judy."

Erst etwas angeekelt tat sie, was er verlangte, aber dann merkte sie, dass es etwas ganz besonderes war, und nun leckte sie den Rest freiwillig. Wohlig kuschelte sich Chris an sie.

„Danke, Judy, vielen Dank. Das war wunderbar."

„Und mir hat es nicht weg getan,"
war Judys trockene Antwort.

Chris musste laut auflachen.

„Ich werde dir zeigen, wie schön es ist, ohne dass es dir weh tut. Leg dich bitte hin, auf deinen Rücken, bitte Judy."

Er drückte sie leicht nach hinten, und sie fiel auf die zurückgeklappte Rückenlehne. Zärtlich wanderten seine Hände nach unten und hoben ihr Kleid hoch, das sie noch immer trug. Ganz hoch zog er es und gab ihre wunderschöne Scham seinen Blicken preis.

„Warum trägst du kein Höschen?"
wunderte sich Chris. Judy errötete tief.

„Ich habe es für dich getan. Ich dachte mir, dann ist es leichter."

„Du bist wunderbar,"
stöhnte Chris auf und beugte sich hinunter, um ihre Beine zu spreizen. Noch zierte sich Judy, sie schämte sich.

„Zeig mir deine Vagina, bitte Judy, lass sie mich sehen."
Seine Augen sahen tief in die von Judy, und sie gab nach. Öffnete ihre Beine weit und ließ ihn dazwischen schauen. Ihre wundervollen gekräuselten Härchen, die versuchten, ihre Scham zu verbergen. Der Duft, der aus ihrer Scham in seine Nase drang, machte ihn verrückt, ließ ihn ungestüm seinen Kopf dazwischen pressen. Judy schrie leise auf, und sofort hörte er damit auf.

„Dein Duft macht mich verrückt, Judy,"
stieß Chris gepresst hervor.

„Ich muss dich dort küssen und schmecken."

Judys Körper zitterte. Sie war das erste Mal in ihrem Leben äußerst erregt, und da sie noch nie einen Orgasmus erlebt hatte wusste sie nicht, was gerade mit ihr geschah. Aber sie ließ es zu und vertraute Chris vollkommen.

Chris hatte sich mittlerweile vor sie gekniet und ihre Beine über seine Schultern gelegt. Der Anblick ihrer weit gespreizten Schenkel und ihre rosafarbenen Schamlippen dazwischen ließen auch ihn erzittern. Ganz vorsichtig, um Judy nicht zu erschrecken, zog er ihre äußeren Schamlippen auseinander und begann, sie dazwischen zu lecken. Erst sanft und zärtlich, dann härter und fordernder. Seine Finger legten sich um ihren Kitzler und massierten ihn. Es dauerte nicht lange, und Judy begann zu stöhnen. Erst leise, dann etwas ungläubig über das, was gerade mit ihrem Körper passierte, und dann explodierte sie in seinen Mund. Gierig saugte er die Tropfen, die ihren Orgasmus verrieten, aus ihrer Klitoris heraus und ließ sie erst los, als er ihren Kitzler vollkommen ausgesaugt hatte. Judy sah ihn mit glasigen Augen an.

„Chris, was war das denn?"

stöhnte sie ungläubig.

Er lächelte sie zärtlich an.

„Ich glaube, meine liebe Judy, das war dein erster Orgasmus. War es gut für dich?"

„Es war wundervoll, oh Chris, was für ein Gefühl. Bekomme ich noch mehr davon?"

Nun musste Chris lachen.

„So viel du willst, mein Schatz."

Nach diesem ersten Orgasmus entspannte sich Judy, und langsam begannen ihr die verschiedenen Sexpraktiken, die sie gemeinsam mit Chris ausprobierten, zu gefallen. Auch der geheime Ort, den sie sich dafür ausgesucht hatten, war ideal. Da sie meistens abends Zeit für ihre gemeinsamen Sexspiele hatten, und sie sich nicht gerne um dunkeln miteinander vergnügten, da es mehr Spaß machte, den anderen dabei anzusehen, war dieser Ort ideal. Denn immer, wenn der Mond schien, war es im Auto so hell, dass man alles erkennen konnte.

Und nun waren sie wieder hier und wollten sich ein letztes Mal, bevor Chris zu seiner Urlaubsreise mit Matthew aufbrach, miteinander vergnügen.

Nachdem sie eine ganze Weile nebeneinander gekuschelt hatten, war es Chris endlich gelungen, die Sitzlehne nach hinten zu klappen. Er fuhr ein sehr altes Auto, das noch über eine Sitzbank verfügte. Auch die Rückenlehne war an einem Stück, und so lagen sie nebeneinander, fast so bequem wie auf einem Bett.

Zärtlich streichelte Chris über Judys Wangen. Der Mond schien genau auf ihren wundervollen Körper. So wie beim ersten Mal, trug sie ein Kleid, das vorne mit Knöpfen geschlossen war. Langsam, einen Knopf nach dem anderen, öffnete Chris ihr Kleid. Holte erst ihre linke Brust hervor und massierte sie zärtlich. Dann holte er die rechte dazu, um genüsslich an ihren steifen Brustwarzen zu saugen. Judy hatte wunderschöne Brüste, die keinen Büstenhalter benötigten. Sie standen von alleine, und Chris konnte nie genug davon bekommen, sie mit seinen Händen zu massieren und an ihren steifen Nippeln zu saugen. Seine Zunge leckte die Stelle zwischen ihren Brüsten, und er stöhnte auf. Chris mochte ihren Geruch und konnte ihm nie widerstehen. Auch sein Schwanz meldete sich wieder, so, als ob er ihm zustimmen wollte. Langsam leckte Chris ihren Körper, versteckte seine Zunge für eine Weile in ihrem Bauchnabel. Als nur noch ein Knopf ihres Kleides zu öffnen übrig war, bemerkte Chris, dass Judy wieder einmal kein Höschen trug.

Die dunklen, gekräuselten Haare, die ihre Scham verdecken sollten, und ihre wundervollen, leicht nach außen gebogenen Schamlippen verströmten einen Geruch, der ihn wahnsinnig machte. Sofort tauchte er seinen Kopf hinunter, steckte seine Zunge dazwischen und leckte sie zärtlich.

Ein wohliger Seufzer entrang sich Judys Lippen, und langsam spreizte sie ihre Beine etwas, damit er besser mit ihr spielen konnte. Endlich hatte Chris auch den letzten der vielen Knöpfe an ihrem Kleid geöffnet. Nackt und wunderschön lag sie vor ihm, und er stöhnte auf. Sein Schwanz war wieder hart und klopfte, genau wie ihr Kitzler. Behutsam nahm er ihre dick angeschwollenen äußeren Schamlippen zwischen seine Finger und zog sie langsam auseinander. Der betörende Geruch, der ihm dabei entgegen strömte, raubte ihm fast den Atem. Schnell steckte er sein ganzes Gesicht zwischen ihre Beine und sog ihren Duft ein, leckte dabei heftig die immer dicker anschwellenden Schamlippen von innen und massierte sie mit seinen Fingern. Ganz vorsichtig nahm er ihren Kitzler zwischen seine Lippen und saugte zärtlich an ihm.

Judy bäumte sich ein wenig auf und atmete schwer.

„Weitermachen, Chris. Bitte nicht aufhören, das ist gut, oh, Chris, ja, oh!"

Dabei spreizte sie ihre Beine soweit sie nur konnte und versuchte, mit ihren Händen an seinen harten Penis zu kommen. Doch Chris wollte ihr zuerst zu einem Orgasmus verhelfen, wollte, dass sie vor Lust schrie. Hier, wo sie jetzt waren, konnte sie niemand hören.

Vorsichtig steckte er seinen Mittelfinger in ihre nasse Fotze, die sich leicht geöffnet hatte und vom Mond hell erleuchtet direkt vor seinen Augen lag. Tief und zärtlich fickte er sie, doch Judys Körper bäumte sich auf, wollte mehr. Der Finger von Chris drang immer tiefer in sie, doch das war nicht genug.

„Gib mir mehr Finger, bitte Chris, fick mich mit mehr Fingern, bitte Chris, oh!"
So zog Chris seinen Mittelfinger aus ihrer Vagina und schob schnell drei seiner Finger tief und fest in sie hinein. Ein dankbares Stöhnen von Judy folgte sofort, während er mit seinem Mund auf der Suche nach ihrem Kitzler war. Heftig saugend und immer fester mit seinen Fingern in ihrer Fotze wühlend, entlockte er ihr laute kurze Schreie. Es war noch nicht der Orgasmus, der sie aufschreien ließ, nein, sie wollte noch mehr. Wollte, dass er auch seinen kleinen Finger in sie hineinpresste. Was Chris auch sofort tat, und nun fickte er sie mit vier Fingern, saugte an ihrem Kitzler und sein Daumen rieb die Innenseiten ihrer Schamlippen.

Immer fester saugte er ihre Klitoris, und immer fester und tiefer drang seine Hand in ihre Fotze. Judy stöhnte unter ihm, stöhnte vor Lust und bewegte sich so, dass seine Hand noch tiefer in sie hineinrutschte.

Chris spürte, wie sie kam. Ihr ganzer Körper spannte sich, und ihr Atem war kaum noch zu hören. Dann entlud sich ihre Wollust mit einem gewaltigen Schrei und Aufbäumen ihres ganzen Körpers. Er zitterte und bebte, und Chris leckte ihren Erguss von ihrer Klitoris, selbst stöhnend vor Lust, denn er liebte ihren leicht herben Geschmack und konnte nicht genug davon bekommen.

Endlich beruhigte sich Judy ein wenig, ließ aber ihre Beine weit gespreizt, um ihm zu zeigen: ‚Ich will noch mehr!' Chris beugte sich über ihr Gesicht und küsste sie zärtlich. Zwängte seine Zunge tief in ihren Mund, und sie tat genau das, was sie mit seinem Schwanz auch machte, sie saugte sich an ihr fest und hielt ihn so ganz nahe bei sich. Erst nach einer ganzen Weile ließ sie seine Zunge los und kuschelte sich wohlig an ihn.

„Was mache ich nur die nächsten sechs Wochen ohne dich?"

flüsterte sie leise.

„Was soll ich denn sagen?"

antwortete Chris.

„Mir geht es doch genau wie dir. Aber wir werden es überstehen, mein kleiner Schatz, und wenn ich zurückkomme, wird es umso schöner."

Beruhigt schmiegte sich Judy an ihn. Sie liebte diesen Mann, und sie war sich sicher, er liebte sie auch. Sie waren beide jung und hatten noch viel Zeit.

Judy hoffte insgeheim, sich mit Chris zu verloben. Doch Chris machte keine Anstalten, sie um ihre Hand zu bitten, und so wartete Judy geduldig darauf, dass er es eines Tages machen würde. Dass er eine andere um die Hand bitten würde, daran dachte sie nicht im Traum.

Nach einer kleinen Weile ging Judys Hand auf die Suche. Zärtlich ergriff sie seinen Penis und streichelte ihn. Liebkosend glitten ihre Finger über seine Eichel, untersuchten die kleine Spalte nach Liebestropfen und massierten sanft seine Eier. Natürlich blieben diese Versuche, Chris zu erregen, nicht ohne Erfolg. Schon bald dehnten sich erneut die Blutgefäße entlang seines Schwanzes, und auch die Eichel schwoll an. Schwer atmend kniete er sich rittlings über ihren Körper, spreizte ihre Beine und vergrub seinen Kopf wieder zwischen ihren Beinen. Laut aufstöhnend sog er ihren betörenden Duft in sich auf und küsste ihre Scham, drängte seine Lippen zwischen ihre Schamlippen, um sie dazwischen heftig mit seiner Zunge zu lecken.

Währenddessen hatte Judy seinen Schwanz, der nun direkt über ihrem Kopf hing, ergriffen und saugte sich an seiner Eichel fest. Ihre Finger krallten sich in seine beiden Arschbacken und drückten sie nach unten, um so seinen Schwanz ganz tief in ihrem Mund aufzunehmen.

Ohne Vorwarnung drückte sie ihren dicken Finger in das kleine, fest zusammengepresste Loch zwischen seinen Pobacken und fickte ihn damit in seinen Arsch. Genau so heftig, wie sie ihren Finger in den Hintern von Chris gedrückt hatte, so heftig drückte er ihr nun seinen Mittelfinger in ihren Arsch. Sich heftig gegenseitig mit den Fingern in den Arsch fickend und mit dem Mund saugend, steigerten sie ihre Erregung. Ihre Körper wanden sich, bäumten sich auf und genossen ihre Lust. Als ob sie sich abgesprochen hätten, rammten sie sich fast gleichzeitig noch ihren Ringfinger zu dem bereits im Hintern steckenden Mittelfinger und geilten sich so noch mehr auf.

Judy hatte ihre Beine um seine Taille gelegt und drückte ihn mit ihren Füßen so tief sie nur konnte hinunter. Chris leckte sie so hart zwischen ihren Schamlippen, dass sie laut aufstöhnte und fast seine Eichel aus ihrem Mund gestoßen hätte. Aber schnell stülpte sie wieder ihre Lippen darüber und hielt sie fest. Ihre Finger rasten in seinem Arsch hin und her, und ihre andere Hand massierte seine Eier immer kräftiger. Auch Chris musste nun laut aufstöhnen. Doch sie drängte ihm ihre Fotze wieder ins Gesicht und forderte ihn so auf, ihr endlich zu dem ersehnten Orgasmus zu verhelfen. Chris erfüllte ihr diesen Wunsch nur allzu gerne. Mit vier Fingern seiner rechten Hand stieß er tief in ihre Vagina, nur sein Daumen ragte heraus. Mit mittlerweile drei Fingern seiner linken Hand fickte er gleichzeitig ihren Arsch, und sein Mund saugte unbarmherzig an ihrem Kitzler.

Beide kamen gleichzeitig. Schluckten und schrien und schluckten erneut und schrien umso lauter. Keuchend und aufbäumend gaben sie sich ihren Orgasmen hin und kamen erst zur Ruhe, als beide Körper von dem erregenden Gefühl durchflutet waren.

Erst nach einer ganzen Weile lösten sich ihre Körper voneinander. Lange lagen sie noch zusammen, bis es Zeit wurde, ins College zurückzukehren. Spätestens um zehn Uhr mussten alle in ihren Betten liegen, egal wie alt sie waren. Ein letzter inniger Kuss und eine letzte lange Umarmung, dann gingen sie in die verschiedenen Gebäude, in denen sich die Schlafräume der Studenten befanden.

„Bis in sechs Wochen, mein Schatz."

„Ja, Chris. Bis in sechs Wochen. Sie werden mir vorkommen wie eine Ewigkeit."

Kapitel 2

Einen Monat bevor die Semesterferien begannen, hatte Matthew Chris gefragt, ob er ihn zu sich nach Hause einladen dürfte. Gerne hatte Chris zugestimmt, da bei ihm zuhause doch nie jemand da war. Mum und Dad arbeiteten den ganzen Tag und manchmal auch bis spät in die Nacht. Da wäre er nur alleine gewesen. Auch Judy hatte ihn eingeladen, die Ferien bei ihr und ihrer Familie zu verbringen, aber Chris hatte abgelehnt. Hatte Angst gehabt, vielleicht als Verlobter in das nächste Semester zu starten.

Und so kam es, dass Chris und Matthew gemeinsam nach Schottland flogen, zu Matthews elterlichem Wohnsitz, Fallgrove Castle. Matthew konnte eine gewisse Unruhe nicht verbergen.

„Was ist nur mit dir los, so kenne ich dich gar nicht?"

Fragend sah Chris auf seinen Freund.

„Ich freue mich, endlich Kathleen wieder zu sehen. Ich habe sie so vermisst."

Jetzt verstand Chris, warum sein Freund so ungeduldig war. Über ein halbes Jahr hatte Matthew seine Verlobte nicht gesehen, da musste er ja unruhig sein.

Vor dem Airport wartete ein großer Wagen auf sie. James, der Fahrer der Limousine, sprang sofort aus dem Wagen, als er sie auf sich zukommen sah und half ihnen, das Gepäck im Kofferraum zu verstauen.

„Wie geht es Ihnen, James?"

fragte Matthew höflich, aber distanziert.

„Danke, Sir. Mir geht es gut. Darf ich fragen wie es Ihnen geht, Sir?"

„Ja, Sie dürfen. Danke, James, mir geht es auch gut."

Chris konnte nicht glauben, was er da gerade gehört hatte. Sprachen sie wirklich so miteinander? War Matthew, den er als Kumpel und Zimmergenosse kannte, wirklich ein Sir? So etwas gab es bei ihm zuhause nicht. Staunend sah er seinen Freund an und fing langsam an, zu begreifen, warum dieser, trotz ihrer engen Freundschaft, stets distanziert geblieben war. Schweigend fuhren sie durch das schottische Highland, und plötzlich deutete Matthew nach vorne.

„Siehst du das Schloss dort oben auf den Felsen?"

Chris folgte mit seinen Augen dem ausgestreckten Finger.

„Ja, ja, meinst du die Burg da oben?"

„Das ist ein Schloss, mein lieber Chris. Das ist Fallgrove Castle, meine Heimat."

Staunend betrachtete Chris das riesige Gebäude. Mit seinen dicken Mauern und kleinen Erkern kam es ihm vor wie eine alte Ritterburg.

Je näher sie dem Schloss kamen, umso gewaltiger erschien es Chris. Ratternd fuhren sie durch einen großen Torbogen, anschließend einen Halbkreis und kamen vor einer wundervollen Treppe, die man von zwei Seiten hochgehen konnte, zum Stehen. Beflissen stieg James aus und öffnete die Beifahrertür, so dass Matthew bequem aussteigen konnte. Chris folgte ihm, immer noch staunend.

‚In welcher Welt war er hier gelandet?'

Vor der Treppe standen einige Dienstmädchen, die artig knicksten, als Matthew und Chris an ihnen vorbei die große Treppe hinauf gingen. Beflissen eilte ihnen ein livrierter Diener entgegen.

„Sir Matthew, bitte entschuldigen Sie, aber ich hatte nicht mit einem so frühen Eintreffen der Herrschaften gerechnet. Willkommen in Fallgrove Castle, Sir. Ich hoffe, Sie hatten eine gute Reise."

„Danke, Harvey, ja. Wir hatten eine angenehme Reise. Das ist Chris, ein Freund von mir. Er wird hier die Ferien mit mir verbringen. Bitte sorgen Sie dafür, dass er ein Zimmer mit Blick auf das Meer bekommt."

„Ja, Sir Matthew."

„Ist meine Mutter zuhause?"

„Ja, Sir, Ihre Mutter ist anwesend. Soll ich sie von Ihrem Eintreffen unterrichten?"

„Bitte tun Sie das, Harvey."

Der Diener war der Butler des Schlosses. Er senkte leicht seinen Kopf und eilte davon. Chris wusste nicht, wie ihm geschah. Niemals hatte sein Freund Matthew auch nur angedeutet, dass er etwas Besseres war als er selbst. Ein wenig eingeschüchtert folgte er seinem Freund in das riesige Schloss. Hatte er von außen geglaubt, dass es ein dunkles Gemäuer war, so musste er jetzt erkennen, dass es sich ihm innen sehr hell und freundlich darbot. Große Fenster ließen die Sonne herein, die Zimmer waren riesig und prächtig ausgestattet und auf dem Boden lagen teure Teppiche.

‚Wo bin ich hier gelandet?'
dachte er immer wieder staunend.

‚Erst die Mutter von seinem Eintreffen unterrichten? Warum ging er nicht einfach zu ihr und begrüßte sie?'

Chris war etwas irritiert, wurde aber sofort von einem grandiosen Blick aus einem der Fenster abgelenkt. Direkt unterhalb blickte er auf das Meer, ein unruhiges Meer, dessen Gischt schäumte und auf die Felsen aufschlug. Chris war fasziniert und einfach überwältigt.

„Wünschen Sie eine kleinen Imbiss zu sich zu nehmen, Sir?"

Eines der Dienstmädchen, die sie an der großen Treppe begrüßt und in Empfang genommen hatten, stellte diese Frage.

Fragend sah Matthew zu Chris, der nickte. Ja, die Reise hatte ihn hungrig gemacht.

„Bereiten Sie uns eine Kleinigkeit im blauen Salon, Debbie. Mein Freund und ich werden uns von der Reise ein wenig frisch machen und in einer halben Stunde dort sein."

„Ja, Sir. Ich werde einen kleinen Imbiss für Sie und Ihren Freund vorbereiten."

Debbie knickste leicht und auch sie eilte davon.

„Da hat man so viele Diener, aber wenn man einen braucht, ist keiner da."

Erstaunt sah Chris zu Matthew. So kannte er ihn überhaupt nicht. Ein wenig arrogant und überheblich. Schien sich seiner Stellung angepasst zu haben. Im College jedenfalls benahm er sich nicht so.

Doch schon erschien Harvey, der Butler.

„Mr. Chris, darf ich Sie zu Ihrem Zimmer führen?"

Matthew nickte Chris zu.

„Geh nur mit ihm, und in einer halben Stunde treffen wir uns im blauen Salon. Harvey wird dir zeigen, wo er sich befindet."

Matthew nickte noch kurz und ging davon. Chris blieb nichts anderes übrig, als hinter Harvey her zu laufen. Sie gingen in den östlichen Trakt des Schlosses und blieben vor einer Tür stehen.

„Das ist Ihr Zimmer, Mr. Chris. Bitte treten Sie ein."

Überrascht blieb Chris in der Tür stehen. Es war ein großer Raum mit einem alten Himmelbett. Gegenüber dem Bett stand eine altertümliche

Kommode mit einem kleinen Hocker davor. Durch die großen Fenster schien die Sonne herein und machte es freundlich und gemütlich.

‚Wäre Judy jetzt hier, sie würde bestimmt vor Überraschung schreien,'
dachte Chris und musste lächeln.

„Wenn Sie etwas wünschen, Mr. Chris, dann ziehen Sie bitte an dieser Schnur. Ich komme dann sofort."

„Danke, Mr. Harvey."

"Nein, Mr. Chris, nicht Mr. Harvey. Einfach nur Harvey. Das andere schickt sich nicht, Mr. Chris"

„Danke, Harvey."

„Sehr wohl, Mr. Chris."

Die Tür schloss sich hinter dem Butler, und Chris musste sich beeilen, um sich in dem angrenzenden, zu seiner Überraschung sehr modernen Badezimmer, frisch zu machen. Als er anschließend an das großen Fenster trat und hinausschaute, war er überwältigt von dem grandiosen Blick über die raue See. Als er einen Flügel des Fensters öffnete, konnte er das Meeresrauschen sogar hören. Chris war sich sicher, hier würde er gut schlafen.

Nach genau einer halben Stunde klopfte es diskret an seine Zimmertür. Es war Harvey, der ihn zu dem blauen Salon begleitete. Dort wartete schon Matthew auf ihn.

„Gefällt dir dein Zimmer?"

„Es ist überwältigend. Die Aussicht auf das Meer und das Rauschen der Brandung, so etwas habe ich noch nie erlebt."

„Ja, ich freue mich auch immer, nach Hause zu kommen."

Schweigend nahmen die beiden den kleinen Imbiss zu sich, den Debbie für sie vorbereitet hatte.

„Bis zum Dinner heute Abend haben wir noch etwas Zeit. Soll ich dir das ganze Schloss zeigen?"
„Gerne, Matthew. Aber willst du nicht zuerst deine Verlobte besuchen?"
„Nein, Chris. Harvey hat ihre Eltern darüber informiert, dass ich heute angereist bin. Sobald sie uns einen Termin geben, werde ich sie besuchen."
Chris konnte es nicht glauben. Wäre er mit einer jungen Frau verlobt und hätte sie über ein ganzes halbes Jahr nicht gesehen, dann würde ihn nichts und niemand davon abhalten, zu ihr zu fahren.

Nachdem sich beide gestärkt hatten, führte Matthew Chris durch das riesige Schloss. Zwischen dem Westflügel und dem Ostflügel führte eine enge, steile Wendeltreppe hinauf zum Turmzimmer. Hoch über dem Meer lag es und hatte rundum Fenster, aus denen man entweder auf das Meer, auf die beiden Seitentrakte des Schlosses oder auf den wunderschön angelegten Park sehen konnte. Chris war überwältigt. Zwischen den Fenstern standen Bücherregale, in denen über tausend Bücher standen.
„Meine Mutter liebt es, hier oben ihre Zeit zu verbringen und zu lesen."
Chris konnte das nur allzu gut verstehen. Er nahm sich vor, einmal nachts hier herauf zu kommen und das raue Meer im Dunkeln zu betrachten.
Vom höchsten Punkt des Schlosses, nämlich vom Turmzimmer, führte Matthew ihn nun zu einem der tiefsten Räume der Burg. Da das altertümliche Gemäuer keinen Aufzug besaß, mussten sie viele enge Treppen hinunter gehen, um in den gewölbeartigen Keller zu gelangen. Neben riesigen Vorratsräumen und einen großen Raum nur für erlesene Weine, gelangten sie am Ende eines dunklen, feuchten Ganges zu einem Raum, dessen

Schlüssel sich Matthew von Harvey hatte geben lassen.

Chris staunte. Dieser Raum sah aus wie eine Folterkammer aus längst vergangenen Tagen.

„Hier wurde tatsächlich gefoltert."

So als ob Chris seine Gedanken gelesen hätte, erklärte Matthew ihm einige der Geräte und Möbelstücke, die sich in dem Raum befanden. Es gab keine Fenster, sondern nur eine Birne an der Decke, die den Raum mit einer unnatürlichen Helligkeit füllte. An einer der Wände bemerkte Chris mehrere Spiegel.

„Was soll denn der Spiegel dort an der Wand?"

„Eigentlich sind es keine richtigen Spiegel. Auf der anderen Seite ist ein Kellerraum und genau da, wo du hier die Spiegel siehst, sind auch dort Spiegel angebracht. Im Raum nebenan jedoch kannst du durch die Spiegel hindurchsehen und so alles verfolgen, was in hier passiert. Da hat wohl einer meiner Vorgänger den Folterungen zugesehen. Ich vermute es, Chris, genau weiß ich es aber nicht."

Als Chris sich die Geräte und Folterinstrumente näher betrachtete, wunderte er sich, dass sie alle hochglanzpoliert waren und sehr gut erhalten und gepflegt aussahen. Zudem erinnerten ihn manche Stücke an Sexspielzeug, das er schon einmal in einem einschlägigen Katalog gesehen hatte. Aber er sagte nichts.

‚Vielleicht gibt es ja deshalb so viele Dienstmädchen in diesem Schloss'

dachte er nur und folgte Matthew aus dem Verlies der Vergangenheit zurück in die Gegenwart.

„Wir müssen uns beeilen, damit wir pünktlich zum Dinner kommen. Ich hatte dich doch gebeten, einen Anzug einzupacken. Hast du daran gedacht?"

Chris nickte erstaunt.

„Beim Dinner tragen wir immer einen Anzug. Ich werde Harvey sagen, dass er dich pünktlich abholt."

Überwältigt von all dem, was die Burg zu bieten hatte, beeilte sich Chris, pünktlich fertig zu werden. Nicht nur weil er darauf brannte, endlich die Eltern von seinem Freund Matthew kennen lernen zu dürfen, sondern auch, weil er großen Hunger verspürte. Als Harvey ihn abholte, folgte er ihm zu einem riesigen Raum, in dem ein ebenso großer Tisch stand. In einer kleinen Nische, zwischen zwei riesigen Fenstern,

saß eine Dame, von der Chris annahm, dass sie die Mutter von Matthew wäre. Ihr gegenüber saß ein älterer Herr.

,Das sind bestimmt die Eltern von Matthew,'

dachte Chris und wusste nicht so recht, wie er sich verhalten sollte. Aber schon öffnete sich eine Tür am anderen Ende des Raumes, und Matthew betrat den Raum. Mit großen gesetzten Schritten begab er sich zu der kleinen Nische und Chris hörte, wie er sagte:

„Guten Abend, Madam. Ich hoffe, es geht Ihnen gut?"

Dabei küsste er sie leicht auf ihre Stirn.

„Danke, Matthew. Du siehst blendend aus. Ich hoffe, dir geht es auch gut?"

„Ja, danke Madam, mir geht es gut."

Dann drehte sich Matthew zu dem älteren Herrn und begrüßte auch ihn.

„Guten Abend, Sir. Ich hoffe, es geht Ihnen gut?"

„Ja, danke Matthew. Mir geht es auch gut."

„Darf ich Ihnen meinen Freund Chris vorstellen? Ich teile auf dem College ein Zimmer mit ihm und habe ihn gebeten, seine Ferien hier bei uns zu verbringen. Ich hoffe, Sie haben nichts dagegen?"

„Nein, Matthew, natürlich nicht."

Matthew winkte Chris, der sich alles aus höflichem Abstand angesehen hatte, näher heran. Misstrauisch schauten ihn die Augen des älteren Herrn an und gütig lächelnd, die seiner Mutter. „Wir begrüßen Sie hier auf Schloss Fallgrove. Herzlich willkommen, junger Mann." „Vielen Dank, Mylady." Damit war der offizielle Teil beendet und man begab sich zu Tisch. Matthew hatte Chris auf seiner Besichtigungstour durch das Schloss belehrt, dass er als Gast des Hauses seine Eltern als Mylady und Mylord ansprechen musste. Daran hielt er sich während der Dauer der Mahlzeit. Chris konnte aber nicht umhin, sich zu wundern, wie distanziert die Begrüßung eben gewesen war. Wäre er nach sechs Monaten Abwesenheit nach Hause gekommen, hätten ihn alle umarmt, seine Schwester sowie seine Mutter und sein Vater. Jetzt langsam begriff er, warum Matthew stets so höflich und distanziert war. Auch dass Matthew seine Eltern mit Madam und Sir ansprach, irritierte ihn. Es kam überhaupt keine Nähe, keine Herzlichkeit auf. Nur diese Distanziertheit, die Chris irritierte. Hatten diese Menschen Angst vor Nähe? Hatten sie Angst davor, eventuell verletzt zu werden? Warum verhielten sie sich so? Je länger er ihren Gesprächen während des Essens lauschte, umso mehr verwunderte es ihn, wie teilnahmslos sie über alles sprachen und wie wenig Interesse sie aneinander zeigten.

Als die Mahlzeit beendet war, hob Mylady die Tafel auf. Alle standen auf und verteilten sich in dem großen, unpersönlichen Raum.

‚Hier haben bestimmt hundert Menschen Platz,'
dachte Chris.

‚Warum benutzen sie nicht einen der kleineren
Räume dieses riesigen Schlosses? Warum muss
alles so unpersönlich sein?'

Doch Chris fand keine Antwort auf seine
unausgesprochenen Fragen. Er war froh, als
Matthew sich endlich von seinen Eltern mit einem
Gute Nacht Gruß verabschiedete.

„Gute Nacht, Madam. Ich wünsche Ihnen eine
geruhsame Nacht."

„Danke, Matthew. Schlaf gut in deinem gewohnten
Bett."

"Danke, Madam."

„Gute Nacht, Sir, ich hoffe, Sie haben eine
angenehme Nachtruhe."

„Gute Nacht, Matthew, danke, ich wünsche dir
dasselbe."

„Danke, Sir."

Auch Chris wünschte den Eltern seines Freundes
eine gute Nacht und war froh, dieses Dinner gut
überstanden zu haben. Nun begaben sich alle auf
ihre Zimmer, und Chris bemerkte, dass Mylord und
Mylady in getrennte Zimmer gingen. Er wunderte
sich nur kurz darüber. In seinem Zimmer
angekommen, öffnete er zuerst die Fenster weit,
damit er das Geräusch des Meeres hören konnte.
Dann begab er sich zu Bett und fiel sofort in einen
tiefen Schlaf, aus dem er erst am frühen Morgen
des nächsten Tages erwachte.

Kapitel 3

Als Chris am nächsten Morgen aufwachte, schien die Sonne, und das Geräusch des Meeres drang in sein Zimmer. Am Abend zuvor hatte er alle Fenster weit geöffnet und war mit dem Geräusch der Wellen, die sich an den harten Felsen unterhalb des Schlosses brachen, eingeschlafen. Und nun war dieses Geräusch wieder das erste, das er in seinem Feriendomizil hörte. Schnell sprang er aus dem Bett, lief ans Fenster und breitete beide Arme aus. Tief sog er den Duft des Meeres in sich ein. Hier zu leben musste herrlich sein.

Ein Klopfen an der Tür riss ihn aus seinen Gedanken.

„Herein."

Es war Harvey, der Butler.

„Guten Morgen, Mr. Chris. Sir Matthew bittet Sie, ihm in einer halben Stunde beim Frühstück in seinem Salon Gesellschaft zu leisten. Wenn es Ihnen recht ist, werde ich Sie abholen und zu Sir Matthew begleiten."

„Danke, Harvey. Ich nehme seine Einladung gerne an."

Als Harvey das Zimmer verlassen hatte, musste Chris erneut seinen Kopf schütteln über die umständliche Art des Zusammenlebens auf diesem Schloss. Trotzdem ging er frohgemut ins Bad, und pünktlich nach einer halben Stunde war Harvey da, um ihn zu Matthews Salon zu begleiten.

Durch eine verborgene Treppe am Ende des langen Flurs geleitete Harvey Chris zu den Zimmern des jungen Erben dieses Schlosses. Er betrat einen Raum, in dem Harvey ihn bat, auf einem der im Raum platzierten Stühle Platz zu nehmen. Dann verschwand er hinter einer der vielen Türen, um ihn bei Sir Matthew anzumelden. Schon kurze Zeit später erschien Harvey erneut und führte ihn in einen kleinen Salon nebenan. Matthew erwartete ihn bereits und begrüßte ihn herzlich.

„Guten Morgen, Chris. Na, hast du gut geschlafen oder haben dich die Geister, die in diesem alten Gemäuer spuken, wach gehalten?"

„Geister? Du meinst wirklich, dass es hier spukt? Hätte ich das früher gewusst, wäre ich nicht mit hier hin gekommen."

Beide Freunde lachten und genossen gemeinsam das gute Frühstück, dass ihnen eines der Dienstmädchen servierte. Harvey hatte sie diskret verlassen, um den Eltern von Matthew das Frühstück zuzubereiten.

„Was hältst du davon, wenn wir heute ausreiten?"

„Gerne Matthew. Ich bin schon lange nicht mehr ausgeritten."

So verbrachten die beiden Freunde den Tag mit Reiten, denn die Besitztümer waren groß. Gegen Mittag hielten sie in einem kleinen Ort an und speisten ein vorzügliches Mahl in der kleinen Dorfkneipe. Erst gegen Abend kehrten sie zurück.

„Ich weiß nicht, ob ich heute noch sitzen kann," scherzte Chris.

„Mir geht es ebenso. Die ganze Zeit im College konnte ich kein einziges Mal reiten. Nun, Harvey wird uns weiche Kissen auf die Stühle legen müssen, damit wir das Dinner heute Abend überstehen."

Beide lachten und begaben sich in ihre Zimmer, um sich für das gemeinsame Dinner mit Matthews

Eltern vorzubereiten. Nicht ein einziges Mal hatte Harvey von seiner Verlobten gesprochen und wann er sie endlich besuchen durfte.

Nach dem Abendessen ging Chris zuerst zurück zu seinem Zimmer. Aber er war noch nicht müde genug, um sich schon schlafen zu legen. Als er sich aus seinem Fenster lehnte und nach oben schaute, erblickte er das Turmzimmer. Sofort beschloss er, hinaufzusteigen, um das Meer ganz von oben zu erkunden.
Leichtfüßig stieg er die vielen Treppen empor, bis er endlich ganz oben angekommen war. Vorsichtig öffnete er die schwere Eichentür, betätigte den Lichtschalter und ging hinein. Ein etwas modriger Geruch erfüllte den Raum, und Chris öffnete als erstes eines der vielen Fenster, die sich in der runden, steinernen Wand befanden. Tief sog er wieder die würzige Meeresluft in seine Lungen ein. Rechts und links lagen die Flügel des großen Schlosses, das burgartig über die Felsen am Meer gebaut war. Sogar das Fenster seines Zimmers konnte er gut von hier oben sehen. Doch schnell wurde es kühl, und er schloss das Fenster wieder, um sich in eine der Nischen auf einen Stuhl zu setzen.

Still war es nun im Turmzimmer. Chris bemerkte ein Fernglas auf einer der Fensterbänke.
‚Wer beobachtet hier wen?'
dachte er. Er erhob sich und ging zum anderen Ende des Zimmers, um das Licht auszuschalten. Draußen war dunkle Nacht, und es dauerte eine Weile, bis sich seine Augen an die Dunkelheit, die nun auch vom Zimmer Besitz ergriffen hatte, gewöhnt hatten. Er tastete sich zu dem Fenster, wo er das Fernglas gesehen hatte. Neugierig hielt

er es an seine Augen, um die Sterne zu betrachten. Es war eine helle, wolkenklare Nacht, aber das Fernglas versagte seinen Dienst. Es war wohl nur für Nahaufnahmen gedacht. Als er es wieder hinlegen wollte, streiften seine Augen ein Fenster im linken Flügel des Schlosses, hinter dem sich Licht befand. Neugierig geworden richtete er das Fernglas auf dieses Fenster, um es jedoch gleich wieder auf die Fensterbank zurück zu legen und ein paar Schritte zurück zu treten. Was er dort gesehen hatte, verschlug ihm den Atem und hatte seinen Schwanz in nur Sekunden knüppelhart werden lassen. Hinter diesem Fenster befand sich ein Paar, das gerade dabei war, sich zu lieben.

Chris wollte das Turmzimmer verlassen und zu seinem eigenen Schlafgemach zurück gehen, aber die Neugier siegte.

‚Nur noch einmal kurz hinüber sehen. Dann werde ich ins Bett gehen,'

sagte er sich.

Vorsichtig tastete er sich zu dem Fenster zurück und nahm erneut das Fernglas, richtete es auf das gegenüberliegende Zimmer, in dem immer noch das Licht eingeschaltet war und sah hindurch. Was er sah, erregte erneut seinen Penis. Auf dem Bett lag eine junge Frau, vollkommen entkleidet und mit verbundenen Augen. Ihre Arme waren an den Bettpfosten am Kopfende des Bettes angebunden und ihre Beine drückte gerade jemand gegen ihre Brüste. Wunderschöne, nicht allzu große Brüste mit harten Nippeln. Es war Molly, die junge Frau, die in der Küche aushalf und als Zimmermädchen im Schloss arbeitete, und die ihm und Matthew am Morgen das Frühstück serviert hatte.

Die Hände, die ihre Beine brutal gegen ihre Brüste drückten, waren grobschlächtig und zeugten von harter Arbeit. Während die Haut der jungen Frau weiß und gepflegt war, war der Rücken des Mannes braun gebrannt und zeigte, dass er wohl täglich draußen an der frischen Luft arbeitete. Chris wusste nicht, wer der Mann war, da er ihm nur den Rücken zudrehte.

Er beobachtete weiter, wie der Mann auch die Beine der jungen Frau kopfüber nach hinten an die Bettpfosten band und sie nun weit gespreizt und mit leicht erhöhtem Hintern vor ihm lag. Es schien dem Mann zu gefallen, was er sah. Langsam schob er seine Arbeitshose, die er noch trug, hinunter, und Chris fiel sofort auf, dass er keine Unterhosen anhatte. Als er sich bückte, um seine Hose von seinen Füßen zu streifen, konnte Chris ihm direkt zwischen seine massigen Pobacken blicken. Erschreckt ließ er das Fernglas sinken, um es aber sofort wieder vor seine Augen zu bringen. Nicht nur der Arsch des Mannes war massig, auch der ganze restliche Körper war kräftig, fast dick zu nennen.
Chris sah ihn von der Seite und erschrak. Vor dem Bauch des Mannes ragte ein Penis wie Chris noch nie einen Penis gesehen hatte. Groß, kräftig und leicht nach links gebogen stand er fast senkrecht in der Luft. Auf der extrem kräftigen Eichel glitzerten einige Liebestropfen und die Adern, die an seinem Schaft entlang liefen, waren dick geschwollen und pulsierten. Auch seine beiden Hoden waren riesig und schienen randvoll mit Sperma zu sein. Chris verschlug es fast den Atem. Welche Vagina einer Frau konnte so eine Masse von Schwanz in sich aufnehmen? Etwa dieses zierliche Geschöpf, das mit verbunden Augen und weit gespreizten Beinen vor diesem Monster lag?

Langsam begann das Monster, wie Chris ihn nannte, seinen Schwanz zu massieren. Immer wieder schob er seine Vorhaut vor und zurück und machte ihn so noch härter, als er sowieso schon war. Dann beugte er sich zwischen die Beine der jungen Frau, zog mit seinen kräftigen Fingern recht unsanft ihre dicken Schamlippen weit auseinander und begann, sie dort hart zu lecken. Das Becken der Frau bäumte sich auf gegen die rohe Gewalt des Monsters, und ihre Arme und Beine zogen an den Stricken, die sie festhielten. Der Fremde ließ Mollys Schamlippen los und krallte seine Finger in ihre Pobacken und zog sie so wieder vor seinen Mund und begann erneut, sie zwischen ihren dicken Schamlippen hart und ausgiebig zu lecken. An ihrem Mund konnte Chris erkennen, dass sie langsam Gefallen daran fand, sich nicht mehr dagegen wehrte, sich entspannte und anfing, es zu genießen.

Nachdem der bullige Mann, mittlerweile hatte Chris erkannt, dass es Carl, der Stallmeister des Mylords war, der ihnen heute Morgen die Pferde übergeben hatte, ausgiebig die Fotze von Molly geleckt hatte, beugte er sich über sie und küsste ihren weichen Mund. Tief steckte er seine Zunge in sie hinein, während seine Finger ihre Brustwarzen massierten. Niemals hätte Chris diesem grobschlächtigen Mann so viel Zärtlichkeit zugetraut. Molly begann, sich hin und her zu winden, aber noch ließ Carl sie zappeln.

Seine raue Zunge leckte an ihren Ohrläppchen und begab sich langsam weiter nach unten, um an ihren Nippeln zu lecken und sie in seinen großen Mund zu nehmen und an ihnen zu saugen, kräftig zu saugen und sie mit seinen Lippen lang zu ziehen. Wieder bäumte sich Mollys Körper auf, doch Carl ließ nicht locker. Er saugte so lange an ihnen, bis sie hart waren und wie kleine Knospen von ihren Brüsten abstanden. Wieder bewies Carl seine Zärtlichkeit. Er kniete breitbeinig über Mollys Körper und massierte zärtlich ihre beiden Brüste, ließ sie durch seine großen Hände gleiten, um sie dann jedoch unvermittelt gegen seinen geschwungenen harten Schwanz zu pressen, den er zwischen sie gelegt hatte. Wieder versuchte Molly, sich mit ihrem Körper gegen diese Gewalt aufzubäumen, aber es gelang ihr nicht, denn Carl saß mit seinem gesamten Gewicht auf ihr und fickte seinen harten, gebogenen Schwanz zwischen ihren Brüsten.

Langsam bewegte er dazu seinen Oberkörper auf ihr hin und her, und während er sie weiter zwischen ihren Brüsten fickte, presste er seine Lippen erneut auf ihren Mund und küsste sie hart und intensiv. Schneller und immer schneller wurden seine Bewegungen und fester und härter presste er ihre Brüste zusammen, um die Reibung an seinem Schwanz zu erhöhen. Als Molly aufschreien wollte, um ihren Schmerz kundzutun, stieß er seinen Schwanz in ihren Mund und fickte sie dort weiter, hart und fest. Molly zerrte an ihren Fesseln, aber sie konnte ihm nicht entkommen. Es dauerte nicht lange und Carl kam, spritzte seine Unmengen von Sperma in Mollys Mund, immer und immer wieder, bis er seine Hoden völlig entleert hatte. Chris konnte erkennen, dass Molly Mühe hatte, alles zu schlucken. Ihre Beine zappelten in ihren Schlingen, und auch ihre Arme versuchten, loszukommen, was aber nicht gelang.
Endlich war der riesige Schwanz von Carl leer. Das Sperma, das neben Mollys Mund heraus gelaufen war, schob er wieder mit seinen Fingern in ihn

hinein und ließ sie alles schlucken. Er tätschelte ihre Wangen so, als ob er sagen wollte:

„Hast du brav gemacht, mein kleines Mädchen."

Chris schätzte das Alter von Molly auf ungefähr 23 Jahre und das Alter von Carl auf bestimmt Ende dreißig, Anfang vierzig.

‚Was brachte eine so junge Frau dazu, sich mit einem so alten Mann abzugeben?'

dachte Chris ungläubig. Vor allen Dingen, da Molly ungemein hübsch anzusehen war.

Eine Zeitlang lagen Molly und Carl nebeneinander. Dann stand Carl auf und band Molly los. Immer wieder küsste er sie dabei zärtlich auf ihren Mund. Es schien, als ob Molly noch nicht genug hatte, denn sie dirigierte ihn neben sich. Nun war sie es, die sich über ihn beugte und seinen Körper mit Küssen übersäte. Zärtlich zog sie an seinen großen Nippeln, biss ein wenig hinein, bis Carl sie mit seinen Händen einfach hoch hob und in der Luft zappeln ließ.

Dann legte er sie wieder auf sich, drehte sie herum, so dass ihre Vagina direkt über seinem Gesicht lag. Sie spreizte ihre Beine und kniete sich, immer noch über seinem Gesicht, tief zu ihm hinunter, mit ihrer Fotze direkt auf sein Gesicht.

Chris sah, wie die starken Hände von Carl sich in die zierlichen Arschbacken von Molly krallten und sie so tief hinunter, direkt über seinen Mund drückte. Chris konnte die dicke Zunge von Carl erkennen, die sich wie wild zwischen den mittlerweile wieder geschwollenen äußeren Schamlippen von Molly hin und her bewegte. Noch tiefer drückte er sie hinunter, und verbarg nun sein ganzes Gesicht in ihrer Scham und rieb es hart in ihr. Wieder bäumte sich Molly auf, aber er hielt sie fest.

Endlich ließ er sie los und drückte den Zeigefinger sowie die Mittel- und Ringfinger seiner rechten Hand in die feuchte enge Öffnung ihrer Vagina und fickte sie fest und schnell. Seinen Daumen hatte er dabei zwischen ihren Schamlippen. Er massierte ihren Kitzler und das alles direkt über seinem Gesicht. Genau schaute Carl sich an, was mit Mollys Scham passierte.

Chris bemerkte, dass sich Molly nun kurz vor dem ersehnten Orgasmus befand. Ihr Kopf, der sich eben noch wild hin und her bewegt hatte, hielt einen Moment still. Langsam bewegte sie ihn nach hinten, hob ihren Körper etwas an und spannte ihre Arschbacken zusammen. Dann kam sie. Chris sah, wie ihre Augen sich verdrehten, ihr Atem flacher wurde, ganz aufhörte und plötzlich ein Schrei über ihre Lippen entwich. Erst leise, ungläubig, um dann in einem Aufschrei auszubrechen. Schnell griff Carl mit seiner freien linken Hand auf ihren Mund, um zu verhindern, dass ihr Lustschrei das ganze Schloss wissen ließ, dass sie gerade einen Orgasmus erlebte.
Es war ein lang anhaltender Orgasmus. Immer wieder warf sie ihren Kopf in den Nacken und schrie in Carls Hand. Der hörte nicht auf, seinen Daumen an ihrem Kitzler zu reiben, wollte auch noch das Letzte aus ihm herausholen, wollte, dass es Molly gut ginge. Es kam Chris vor wie eine halbe Ewigkeit, bis Molly über Carl zusammenbrach. Noch nie hatte er beobachtet oder erlebt, dass eine Frau einen solchen Orgasmus bekommen hatte.

Hatte Chris geglaubt, die beiden Menschen, die er heimlich beobachtete, hätten nun genug, so hatte er sich getäuscht. Er wollte gerade das Fernglas zurück auf die Fensterbank legen, um in sein Zimmer zurückzukehren, als er bemerkte, dass Molly, immer noch mit ihrer Scham auf dem Gesicht von Carl liegend, sich langsam anfing zu bewegen. Sie griff nach unten, kraulte das krause, dunkle Haar, aus dem Carls Penis hinausragte und versuchte, ein wenig weiter nach unten zu gelangen.

Sie bog den inzwischen wieder steifen Penis zu sich und leckte zärtlich seine dick angeschwollene Eichel. Tauchte ihre Zunge in die kleine Spalte und entnahm ihr die ersten Liebestropfen, die sich mittlerweile dort wieder angesammelt hatten. Flink zuckte ihre Zunge hin und her.

Carl hob ihren Hintern etwas hoch und ließ sie noch ein wenig nach unten gleiten, gerade so weit, dass sie seinen Schwanz und seine Eier gut mit ihrem Mund erreichen konnte. Gleichzeitig betätigte er wieder seine Zunge. Dieses Mal aber nicht an ihrer Vagina, dieses Mal leckte er kräftig über die enge Öffnung zwischen ihren Arschbacken. Weit hatten seine kräftigen Hände sie auseinandergezogen, und kräftig leckte seine Zunge den Spalt dazwischen.

Immer wilder wurden seine Bewegungen mit der Zunge und immer steifer wurde sein Schwanz in den Händen von Molly. Beide waren wieder äußerst erregt und versuchten, sich gegenseitig zu befriedigen. Mollys Hände kraulten zärtlich an seinen dicken Eiern, leckten sie und sie versuchte, sie in ihrem Mund aufzunehmen, daran zu saugen. Zärtlich biss sie mehrmals in die straffe Haut, die sein kostbarstes Gut, nämlich seinen Samen beinhalteten. Carl genoss es mit lautem Stöhnen, und mit dem Anheben seines Unterleibes zeigte er ihr, dass sie weitermachen sollte. Er wollte mehr davon haben. Und Molly gab ihm, was er wollte. Leckte, küsste, saugte und massierte seine Eier. Dann glitt ihre Zunge über seinen gewaltigen Schwanz, leckte jede der einzelnen Adern, die an ihm entlang liefen und saugte an seiner gewaltigen Eichel.

Währenddessen hatte Carl seinen kleinen Finger in ihre enge Öffnung zwischen ihren Arschbacken geschoben und fickte sie damit in ihren Hintern.

Doch nicht lange, denn schon nach kurzer Zeit schob er seinen Ringfinger dazu, obwohl Molly versuchte, sich dagegen zu wehren. Aber Carl hielt sie fest und fickte sie mit seinen beiden Fingern weiter und tiefer in ihrem Arsch. Sie wand sich, bäumte sich auf, aber Carl hielt sie fest und schob plötzlich ohne Vorwarnung hart seinen Mittelfinger dazu. Dieses Mal bäumte sich der Körper von Molly richtig auf und fast wäre es ihr gelungen, seinen Fingern zu entkommen. Aber Carl hatte sie geistesgegenwärtig wieder tief in sie hinein gedrückt.

Er ließ es dabei und fickte sie weiter, ohne noch einen Finger dazu zu nehmen. Molly hatte sich an die Dehnung ihres Arschloches gewöhnt und saugte nun umso heftiger an seinem Schwanz und begann, ihn kräftig zu massieren. Eine ihrer kleinen Hände reichte nicht aus, um ihn zu umklammern, so nahm sie beide Hände und rieb seine Vorhaut kräftig auf und ab. Immer kräftiger und schneller und merkte daher zu spät, dass Carl ihr noch seinen Zeigefinger zu den anderen Fingern in ihre dunkle Höhle zwischen ihren Pobacken geschoben hatte.

Der Schmerz ließ sie seinen Schwanz loslassen, doch schon nach kurzer Zeit hatte sie sich erneut an die Dehnung ihres Arschloches gewöhnt und saugte mit aller Erregtheit, die in ihr war, an seiner Eichel. Immer kräftiger saugte sie, und immer heftiger massierten ihre Finger den mittlerweile wieder riesig angeschwollenen Schwanz. Und immer heftiger fickte Carl sie mit seinen Fingern in ihren Hintern, den sie ihm so bereitwillig vor seinem Gesicht darbot.

Cars Körper begann zu zucken, seine Finger in ihrem Arsch hielten in ihren Bewegungen inne und sein Atem setzte aus. Chris sah, wie seine Augen sich weiteten und wie Molly mit der ganzen Kraft ihres Mundes an seiner Eichel saugte. Dann kam Carl. Sein Körper bäumte sich so auf, dass Molly drohte, seitlich von ihm herunter zu rutschen. Nur seine Finger in ihrem Arsch und ihre Finger um seinen Schwanz hielten sie davon ab.

Sie schluckte und schluckte und konnte einfach nicht genug bekommen. Immer wieder hob sie ihren Kopf, um nach Luft zu schnappen und um dann wieder an seiner Eichel zu saugen. Sie hörte erst damit auf, als Carl sie mit seiner freien Hand zurückzog.

So waren seine Finger aber noch tiefer in ihrem Arsch verschwunden, aber sie bewegten sich nicht mehr. Beide Körper lagen aufeinander, aber rührten sich nicht mehr. Erst nach einer ganzen Weile zog Carl langsam seine Finger aus ihrem Arsch und schob sie von ihm hinunter.

Dann stand er auf und ging in die Dusche nebenan. Molly lag nun so auf ihrem Bett, dass Chris genau zwischen ihre weit gespreizten Beine sehen konnte.

Er war erregt, sehr erregt sogar, und hätte am liebsten seinen Schwanz aus seiner Hose genommen, um sich zu befriedigen. Nur die Angst, dass man ihn entdecken könnte, hielt ihn davon ab.

Als er erneut durch das Fernglas schaute, sah er gerade, wie sich Carl über Mollys Körper beugte, sie zärtlich zwischen ihren Schamlippen küsste und sich dann langsam anzog. Molly sah ihm dabei zu, veränderte ihre Position auf dem Bett aber nicht. Als Carl fertig angezogen war, beugte er sich wieder hinunter zu Molly und küsste sie erneut zwischen ihren Schamlippen. Dann gab er ihr einen innigen Kuss auf ihre Lippen, ging zur Zimmertür, schaltete das Licht aus und verließ den Raum.

Nun war es dunkel und Chris konnte nichts mehr sehen. Daher entschloss er sich, zu seinem Schlafzimmer zu gehen und seinem Schwanz dort die wohlverdiente Erleichterung zu geben.

Anschließend fiel er in einen tiefen Schlaf, aus dem ihm am nächsten Morgen die Stimme Harveys weckte:
„Guten Morgen, Mr. Chris. Sir Matthew erwartet Sie zum Frühstück."

Kapitel 4

Nachdem die beiden jungen Männer ausgiebig gefrühstückt hatten, teilte Matthew Chris mit, dass er den ganzen Tag auf sich alleine gestellt wäre, da er zum Lunch und zum Dinner bei seiner Verlobten eingeladen wäre.

„Du kannst gerne ausreiten, wenn du möchtest."

„Nein, danke, Matthew. Aber mein Hintern sagt mir, dass ich damit noch ein paar Tage warten soll."

Beide Männer lachten, und Matthew verabschiedete sich.

Als Chris in sein Zimmer zurückkam, war ein Dienstmädchen gerade dabei, sein Bett zu machen. Es war Debbie, und sie entschuldigte sich sofort.

„Es tut mir so leid, Sir, dass ich noch nicht fertig bin."

Bevor sie weiterreden konnte, unterbrach sie Chris.

„Es ist gut, Sie müssen sich doch nicht entschuldigen. Machen Sie weiter. Ich gehe nur kurz ins Bad."

Debbie war wirklich hübsch, hatte eine dralle Figur, aber war nicht dick, sondern wohl proportioniert.

‚Sie könnte mir gefallen,'

dachte Chris und musste an den vorherigen Abend denken und an das, was er heimlich beobachtet hatte.

‚Ob wohl alle Dienstmädchen hier so freizügig sind wie die, deren Spiele ihn am gestrigen Abend fasziniert und angezogen hatte?'

Er wagte jedoch nicht, etwas in dieser Richtung zu Debbie zu sagen.

Nachdem er sich im Bad erfrischt hatte, ging er zu Fuß durch das riesige Schloss und erreichte den Ausgang zu den Felsen, die zum Meer hin ragten. Nach einer kurzen Suche fand er einen steilen Weg und ebenso steile, schmale Treppen, die durch die Felsen hinunter zum Ozean führten. Am Strand angekommen war er wieder einmal überwältigt von der Macht der Wellen. Die Brecher schlugen hart und wild auf dem Strand auf.

‚Ich werde schwimmen gehen,'

dachte er und zog sich langsam aus. Vorsichtig drehte er sich um, vergewisserte sich, dass keiner in der Nähe war und entschied, sich nackt ins Meer zu begeben. Chris war ein guter Schwimmer und konnte die Gefahr, in die er sich begab, gut abschätzen. Nur dass das Wasser so kalt war, hatte er nicht geahnt. Aber schon nach einer ganz kurzen Zeit hatte sich sein Körper daran gewöhnt, und er genoss das Bad in den wilden Wellen. Nach einer Weile kam er wieder heraus und legte sich, so wie Mutter Natur ihn erschaffen hatte, auf den Strand. Die Sonne war herausgekommen und wärmte ihn. Seine Gedanken wanderten zu Judy. Ob sie noch im Bett lag? Bedingt durch die Zeitverschiebung war es jetzt erst früher Morgen daheim, und sie schlief bestimmt noch. Auch Chris war müde, denn die Nacht zuvor hatte er kaum geschlafen. Das Meeresrauschen versetzte ihn in einen leichten Dämmerschlaf.

Als er erwachte, erschrak er. Chris benötigte einen Moment, um zu begreifen, wo er war und was gerade mit ihm geschah. Er sah den Rücken einer Frau, die in dem Kleid eines Dienstmädchen des Schlosses steckte. Und diese Frau spielte gedankenverloren mit seinem Schwanz. Als sie bemerkte, dass er aufgewacht war, wollte sie aufspringen und davonlaufen, aber Chris konnte sie gerade noch so am Zipfel ihres Kleides festhalten. Es war Debbie, eines der Hausmädchen des Schlosses, die heute Morgen sein Zimmer in Ordnung gebracht hatte. Sie hielt ihre Hände vor ihr Gesicht und schämte sich unsagbar.

„Was sollte das denn?"

fragte Chris, mehr erstaunt als wütend.

„Sir, bitte entschuldigen Sie, aber ich dachte Sie schlafen."

„Ja, das hatte ich auch, bis du mich geweckt hast."

„Sir, bitte Sir, verraten Sie mich nicht. Bitte, Sir, lassen Sie mich gehen."

Debbie drehte sich um und wollte schnell davon laufen, aber Chris hielt sie erneut fest.

„So einfach kommst du mir nicht davon."

„Sir, bitte Sir, was soll ich für Sie tun? Ich tue alles, was Sie wollen, wenn Sie mich nicht verraten."

Chris dachte einen Moment nach. Ja, sie würde bestimmt alles tun, was er verlangen würde, aber das wollte er nicht. Wenn, dann sollte sie es ihm freiwillig geben.

„Kennst du dich im Schloss aus?"

„Ja, Sir."

„Überall?"

„Ja, Sir. Überall."

„Was ist das für ein Raum im Keller?"

„Welchen Raum meinen Sie, Sir?"

„Du weißt ganz genau welchen Raum ich meine. Ich glaube, er wird die Folterkammer genannt."

Debbie errötete bis an ihre Haarspitzen.

„Ja, Sir. Diesen Raum kenne ich."

„Was passiert dort?"

„Das kann und darf ich Ihnen nicht sagen, Sir."

„Warum kannst du mir das nicht sagen? Wer hat es dir verboten?"
„Mylord, Sir."

Nun war die Neugier von Chris erst recht geweckt.
„Wenn du es mir nicht sagen kannst, kannst Du mir dann zeigen was dort passiert?"
Debbie überlegte einen kurzen Moment. Dann nickte sie.
„Ja, Sir. Das kann ich. Das hat Mylord mir nicht verboten."
„Und wann kannst du es mir zeigen? Sofort?"
„Nein, nicht sofort, Sir. Dort gibt es nicht jeden Tag etwas zu sehen. So wie ich es weiß, werde ich Ihnen Bescheid geben."
„Und wer sagt mir, dass du das auch machst?"
„Ich verspreche es Ihnen, Sir."
Dabei sah Debbie ihm in die Augen, und er glaubte ihr.

Chris lag immer noch splitternackt vor Debbie und schien es erst jetzt zu bemerken.
„Was wolltest du eben, als ich aufwachte, mit mir machen?"
Wieder errötete Debbie tief.
„Nichts, Sir. Wirklich nichts. Ich wollte Sie nur ansehen und anfühlen, Sir."
„Ansehen und anfühlen? Wozu das denn?"
„Ich wollte wissen, ob fremde Männer genauso aussehen und sich genauso anfühlen, wie die Männer hier bei uns."
„Und? Sehe ich so aus, wie die Männer hier? Und was vielleicht noch wichtiger ist, fühle ich mich auch genauso an, wie die Männer hier bei Euch?"
Chris konnte ein Schmunzeln nicht verhindern.
„Ja, Sir. Nur noch ein wenig besser."
Nun musste Chris laut auflachen.

„Was meinst du mit noch ein bisschen besser, Debbie?"

„Nun, Sir, Ihre Haut, wissen Sie, Sir, Ihre Haut ist viel weicher als die der Männer bei uns."

„Meine Haut ist also ein wenig weicher. So, so."
Erneut musste Chris schmunzeln.

Aber er spürte auch, dass sein Penis Gefallen an dieser jungen Frau gefunden hatte. Ihre Augen wurden groß, als sie bemerkte, wie sein Schwanz langsam steif wurde und die Eichel anschwoll.

„Hast du Lust damit zu spielen?"
Sie nickte hastig und beugte sich hinunter.

„Langsam, langsam, Debbie. Komm hinter diese Felsen, dann sind wir ungestört."
Chris hatte aus den Augenwinkeln im Turmzimmer ein Glitzern gesehen und befürchtete, dass jemand sie mit dem Fernglas beobachtete.

Hinter den Felsen nahm er Debbie in seine Arme, griff nach hinten und band ihr als erstes ihre Schürze auf und legte sie auf den Sand. Dann zog er sie hinunter, bis sie beide auf der Schürze lagen. Ihre Augen waren ängstlich auf ihn gerichtet, aber ließen auch ein wenig ihre Erregtheit erkennen.

„Zieh dich aus,"
forderte Chris sie mit heiserer Stimme auf. Debbie begann langsam, einen Knopf nach dem anderen vor ihrer Brust zu öffnen. Dabei bemerkte Chris, dass ihr Kleid viel zu eng für ihre wundervollen Brüste war. Kaum hatte sie den letzten Knopf geöffnet, wölbten sie sich heraus. Gierig griff er nach ihnen und massierte sie kräftig, was Debbie zu einem leisen Aufstöhnen veranlasste. Nachdem er ihre Brustwarzen ausgiebig mit seinen Lippen gesaugt und steif gemacht hatte, griff er nach dem

Kleid und zog es ihr über ihren Kopf. Ein wunderschöner, weiblicher Körper kam zum Vorschein, der seine Erregtheit ins Unermessliche steigerte. Noch nie hatte er so einen Frauenkörper gesehen. Wundervolle runde Brüste, eine schmale Taille und ein kräftiges Becken, sowie stämmige Beine, die aber nicht dick waren. Anders als die jungen Frauen, die er zuvor nackt gesehen hatte. Schon immer hatte er dünne Beine gehasst und war froh, dass die Beine von Judy auch etwas kräftiger geraten waren. Nein, er durfte jetzt nicht an Judy denken.

Chris drückte Debbie auf den Boden und strich mit seiner rechten Hand langsam über ihr Gesicht, ihren Hals und ihre wundervollen Brüste. Sein Atem ging hastig und erregt, und er musste aufpassen, dass er nicht sofort abspritzte.

Unter ihrem Kleid hatte sie kein Höschen getragen und lag vollkommen nackt vor ihm. Ihr Schoß war bedeckt mit einem leicht rötlichen Flaum, und seine Finger verfingen sich in den krausen Härchen. Willig öffnete sie ihre Beine ein wenig und schlang dabei ihre Arme um seinen Hals und zog ihn zu sich hinunter, so, als ob sie nicht wollte, dass er sie so genau betrachtete.

Aber Chris bekam nicht genug. Er kniete sich zwischen ihre Beine, hob sie an und legte sie über seine Schultern. Dieser Geruch, der Geruch dieser weiblichen Scham machte in fast wahnsinnig. Gierig tauchte er seinen Kopf dazwischen und rieb ihn hin und her. Dabei leckte seine Zunge ihre inneren Schamlippen bis Debbie leise aufschrie.

„Fester, Sir. Bitte fester, bitte, Sir."

Und Chris tat, um was sie ihn bat. Nahm seine beiden Hände und zog ihre mittlerweile dick angeschwollenen äußeren Schamlippen vorsichtig weit auseinander. Er war überwältigt von dem, was er sah, was sie ihm so freizügig anbot und ihrem Geruch. Nicht zu vergleichen mit dem Duft von Judy, viel herber und intensiver. Er machte ihn heiß und verlangte nach mehr. Erregt leckte er sie zwischen ihren Schamlippen und fing an, ihren klopfenden Kitzler mit Daumen und Zeigefinger zu massieren. Ihre Schamlippen schwollen noch mehr an und wölbten sich vor seinen Augen nach außen und zeigten ihm die kleineren Schamlippen, die versteckt in der Mitte ihrer weiblichen Genitalien lagen. Es dauerte nicht lange bis sie kam, ihren Körper aufbäumte und die köstlichen Tropfen aus ihrer Klitoris direkt in seinen Mund spritzte. Sie schmeckte wunderbar, und Chris war enttäuscht, als es zu Ende war und sie sich langsam wieder beruhigte. Aber noch ließ er sein Gesicht in ihrer Scham und genoss ihren Duft.

Er wunderte sich über die stille Art, wie sie ihren Orgasmus erlebte. Als er seinen Kopf hob bemerkte er, dass sie ihre Lippen mit ihren Händen zuhielt. Nur ihre Augen verrieten ihre Lust. Sie quollen hervor und zeigten ihre Wollust. Langsam beruhigte sie sich, ihr Körper lag wieder flach auf der Schürze im weichen Sand.
‚Sie ist es gewohnt, ruhig sein zu müssen.'
dachte Chris.
‚Genau wie am Abend zuvor, als er das Liebesspiel zwischen dem derben Carl und der zierlichen Molly beobachtet hatte. Da war es Carl gewesen, der Molly die Lippen zugehalten hatte, um zu verhindern, dass jemand im Schloss ihre frivolen Spiele mitbekommen könnte. Chris legte sich neben Debbie und streichelte immer wieder ihren warmen Körper.

Nach einer Weile drehte sie sich zu ihm und begann nun ihrerseits, seinen Körper mit ihren Händen zu erforschen. Küsste leicht seine Brustwarzen und versuchte, sich an ihnen festzusaugen. Aber es misslang, denn der Körper von Chris war zu trainiert, sie fand keinen Halt. Als sich ihr Kopf hinunter zu seinen krausen Haaren zwischen seinen Beinen bewegte, hielt er ihn fest. „Massiere ihn erst ein wenig, Debbie, bitte." Chris keuchte seine Worte, er war erregt wie selten zuvor. Aber er wollte noch nicht abspritzen, wollte dieses Lustgefühl noch ein wenig länger auskosten.

Debbie nahm seinen Schwanz in ihre Hände und rief seine Vorhaut vor und zurück. Ganz sanft, so, dass er es kaum spürte und so, als ob sie wüsste, dass er noch nicht spritzen wollte. Dann nahm sie mit einer Hand seine beiden Eier und beugte sich zu ihnen hinunter. Heftig züngelnd nahm sie von ihnen Besitz und nahm sie nacheinander in ihren Mund und saugte zärtlich an ihnen.

Chris begann schneller zu atmen und als ob Debbie gespürt hätte, dass er jetzt mehr wollte, steckte sie ihre Zunge in die kleine Spalte am oberen Ende seiner Eichel und leckte vorsichtig seine ersten Liebestropfen heraus. Sie schmeckten leicht nach dem Meer, in dem er gerade geschwommen hatte, und Debbie stöhnte vor Behagen und Wollust. Ihre Augen verrieten ihm, dass sie wieder bereit war, einen erneuten Orgasmus zu erleben. Er zog sie von seinem Schwanz, legte sie auf den Rücken und kniete sich über sie. Sein Schwanz hing dabei über ihrem Gesicht und sein Kopf direkt über ihrer weiblichen Scham. Sie stellte ihre Beine breitbeinig neben sich und öffnete so ihre Scham, damit er sie genau betrachten konnte.

Hungrig griff sie nach seinem Schwanz und fing wieder an, mit ihrer Zunge in der kleinen Spalte seiner dick geschwollenen Eichel nach Tröpfchen zu suchen. Gierig saugte sie sich fest und begann, den Schaft seines Schwanzes mit beiden Händen zu wichsen.

Währenddessen hatte Chris drei Finger seiner rechten Hand tief in ihre Fotze gedrückt und fickte sie heftig. Sein Daumen lag zwischen ihren kleinen Schamlippen und massierte sie dort.

Debbie stöhnte vor Lust, und sie hob ihren Unterkörper, um Chris zu bewegen, noch mehr Finger in sie zu stoßen. Doch Chris war viel zu berauscht von ihrem Geruch, um es zu bemerken.

Genauso gierig, wie Debbie an seinem Schwanz saugte, nahm er ihren Kitzler in seinen Mund und saugte sich an ihm fest. Es dauerte nicht lange und beide spritzten sich gleichzeitig ihre Säfte in den Mund. Ihr Stöhnen ging unter in dem schmatzenden Geräusch des Schluckens ihrer Liebessäfte.

Ermattet lagen sie danach nebeneinander.

„Das war gut, Debbie. Das war richtig gut. Du bist gut Debbie, und du tust mir gut."

„Danke, Sir."

Nun war Debbie wieder das devote Dienstmädchen und wollte schnell aufstehen und sich davonstehlen.

„Wo gehst du hin?"

„Ich muss zurück ins Schloss, Sir. Meine Pause ist gleich zu Ende."

Wie viel Zeit hast du noch?"

„Nun, ja, Sir. Ein wenig Zeit habe ich noch."

Debbie glaubte, er hätte noch nicht genug und begann erneut, mit ihren Händen an seinem mittlerweile erschlafften Schwanz zu spielen und ihn zu küssen. Aber sie gab sich nicht mit dem Küssen des Schwanzes zufrieden, ihre Finger und ihr Mund wanderten weiter zu der Spalte zwischen seinen Pobacken. Vorsichtig versuchte sie, ihren mittleren Finger in sein enges Loch dazwischen zu drücken.

„Nein, Debbie. Nicht hier."

Erstaunt sah sie ihn an.

„Aber, Sir, ich "

Chris unterbrach sie.

Es ist gut so, Debbie. Es war großartig, deinen Saft zu trinken und ich hoffe, du lässt es mich ein weiteres Mal tun. Aber nicht heute und nicht hier. Du versprichst mir aber, dass du mir das Geheimnis der Folterkammer zeigst?"

„Ja, Sir. Das werde ich ganz bestimmt tun."

„Und wann, Debbie?"

„Das hängt nicht von mir ab, Sir."

„Von wem hängt es dann ab, Debbie?"

„Von Mylord, Sir."

Schnell zog sie sich vor seinen Augen an und lief davon.

‚Was hatte Mylord mit dem Geheimnis dieses seltsamen Raumes im Keller zu tun?'

Chris wurde nicht schlau aus den Worten Debbies, aber ein Gefühl sagte ihm, dass er ihr vertrauen konnte. So sprang er wieder in die Wellen, schwamm noch eine Weile durch die stärker werdenden Fluten und ließ die Erregung, die Debbie erneut in ihm verursacht hatte, so vergehen.

Hunger machte sich in seinem Magen breit, und ein Blick auf seine Uhr zeigte ihm, dass es schon weit nach Mittag war. Harvey warf ihm einen erstaunten Blick zu, als er ihn durch die hintere Tür des Schlosses hereinkommen sah.

„Sir, darf ich fragen wo Sie waren?"

„Ich war am Meer, Harvey. Ich war schwimmen."

„Haben Sie Hunger, Sir?"

„Ja, Harvey. Großen Hunger, aber es ist bestimmt schon zu spät für das Mittagessen, oder?"

„Ich lasse Ihnen etwas auf Ihr Zimmer bringen, Sir."

„Danke, Harvey."

Schnell beeilte sich Chris in sein Zimmer zu kommen und das Meersalz, das auf seinem Körper lag, abzuduschen. Kaum hatte er fertig geduscht, klopfte es an die dicke Holztür seines Zimmers. Chris band sich ein Badetuch um seine Hüften und rief:

„Herein."

Es war Debbie, die ihm das Mittagessen brachte. Chris musste laut lachen, und Debbie sah ihn irritiert an.

„Ich lache dich nicht aus, Debbie. Es ist nur so, dass es heute schon das zweite Mal ist, wo du mich nackt siehst."

„Sie sind aber nicht nackt, Sir,"

stotterte Debbie errötend und stellte ihm das Essen auf den kleinen Tisch vor den Fenstern. Hinter ihrem Rücken hatte Chris das Badetuch von seinem Körper genommen und als Debbie sich umdrehte, stotterte sie:

„Sir, aber Sir."

Chris nahm sie am Arm und zog sie zu seinem Bett.

„Bück dich, Debbie, los, bück dich."

Ihr Anblick und der Gedanke an ihre wunderschönen Brüste hatten alle seine Bedenken über Bord geworfen. Sein Schwanz stand aufrecht vor seinem athletischen Körper und verlangte mit aller Macht nach einem Orgasmus. Die ersten Liebestropfen, die aus der kleinen Spalte am Kopf seiner Eichel hervortraten, schimmerten, und Debbie seufzte laut auf, als sie sie bemerkte. Erregt sah sie Chris an, und er nickte.

„Nimm sie dir, Debbie. Lutsch sie heraus."

Schnell trat sie vor ihn, beugte sich hinunter, leckte mit ihrer Zunge die salzige Flüssigkeit aus der Spalte und tat dann was er verlangte. Sie bückte sich tief über sein Bett und spreizte ihre Beine leicht. Mit erregten Fingern hob er ihr Kleid hoch und legte es über ihren Rücken.

„Was für ein Hintern,"
stöhnte Chris.

Mit beiden Händen knetete er ihre beiden Arschbacken, die sie ihm bereitwillig hinstreckte.

„Den Köpf tiefer und deinen Hintern höher, los Debbie, zeig mir deine Fotze."

Und Debbie gehorchte. Beugte sich noch tiefer hinunter, spreizte dabei ihre Beine so weit sie konnte und bot ihm so die engen Löcher ihrer beiden Höhlen dar. Das gerunzelte, enge ihres Arsches und das nasse, warme ihrer Fotze.

Chris war zu erregt, um ihren Arsch mit seinem harten Schwanz zu erforschen und drückte ihn in ihre dunkle Vagina, die ihn sofort warm und feucht umhüllte. Tief ließ er ihn hinein gleiten, umfasste ihre Oberschenkel mit seinen Händen und stieß ihn wieder und wieder mit seiner gesamten Länge tief in sie hinein, bis er abspritzte.

Ein dumpfes Brummen entrang sich seinem Mund, aber er konnte gerade noch so verhindern, dass er seine Lust laut hinausschrie. Sein Körper bebte, als er auch den letzten Rest seines Spermas aus seinem Schwanz hinaus ejakulierte und in ihr verteilte.

Debbie hatte ihren Kopf gedreht und ihm dabei zugesehen, wie er sie vollpumpte mit seinem Erguss. Nach einer Weile richtete sie sich auf und griff nach hinten, um seinen Schwanz langsam aus ihr herauszuziehen. Dann bückte sie sich und leckte ihn sauber. Ohne ein Wort zu sagen verließ sie sein Zimmer und schloss die Tür leise hinter sich.

Chris empfand absolut kein schlechtes Gewissen gegenüber Judy. Sie wusste nichts von dem, was heute hier passiert war, und er würde es ihr nie sagen. Er wollte nicht, dass sie unglücklich ist. Langsam entspannte sich sein Körper und erinnerte ihn daran, dass es Zeit war, etwas zu essen. Er freute sich auf die nächsten Wochen, die er noch hier verbringen durfte und war sich sicher, dass es nicht das letzte Mal gewesen war, dass er seinen Schwanz auf diese Weise erleichterte.

Kapitel 5

Chris hatte den Tag damit verbracht, zu Fuß die wunderschöne Landschaft, die zum Schloss gehörte, zu erkunden. Abends aß er das Dinner alleine in seinem Zimmer, da, wie Harvey sich ausgedrückt hatte,
„Mylady und Mylord unpässlich wären."
Später, als er auf seinem Bett lag und überlegte, was er an diesem Abend machen sollte, klopfte es leise an seine Tür.
„Herein."
Es war Debbie, und sie deutete ihm an, dass er ihr folgen sollte.
Chris ging hinter Debbie, die ihn die steilen Treppen zum Kellerverlies hinunter führte.
„Pst! Nicht dass sie uns hören, Sir. Sie müssen ganz leise sein."
Chris nickte und folgte ihr den langen dunklen Gang entlang bis zu einer Tür. Debbie steckte so leise wie sie nur konnte einen großen Schlüssel in das Schloss der Tür und schloss sie auf. Dann öffnete sie die Tür und machte ein Zeichen, dass Chris ihr folgen sollte. Sofort nachdem er den Raum betreten hatte, schloss sie die schwere Eisentür wieder mit dem Schlüssel zu.

Es war nicht ganz dunkel. Von den Schlitzen in den dicken Mauern der Burg strahlte nur ein wenig Helligkeit in den Raum. Debbie deutete ihm an, ein Bild von der Wand zu nehmen. Es war nicht schwer, und Chris musste schlucken, als er an die Stelle trat, an der zuvor das Bild die Wand verschönert hatte. Er blickte durch eine Glasscheibe in den hell erleuchteten Raum nebenan. Ein Kellerverlies, das anmutete wie eine mittelalterliche Folterkammer. Doch verschiedene Geräte waren vorhanden, die augenscheinlich dazu dienten, die sexuelle Lust noch zu verstärken. In diesem Verlies befanden sich mehrere Menschen, Frauen und Männer. Auch Mylord konnte Chris erkennen. Alle trugen sie lange Kutten, und auf ihrem Rücken war eine Nummer zu erkennen. Nur Mylord trug eine Kutte ohne Nummer. Die Männer, es waren fünf und die Frauen, ebenfalls fünf an der Zahl, waren jeweils durch nummeriert von eins bis fünf. Sie alle standen vor einem Gerät, das mit Abstand das größte im Raum war.

Vom Aussehen her konnte man meinen, es wäre ein Schaukelpferd, das auf einem federnden Gestell aufgebaut ist. Vorne, rechts und links am Kopf dieses Pferdes, ragten zwei hölzerne Stangen heraus, an denen Ledermanschetten befestigt waren. Chris vermutete, sie waren dafür angebracht, sich während des Schaukelns daran festhalten zu können. Aber auch rechts und links der hinteren Flanke ragten Haltestangen heraus, an denen jedoch so etwas Ähnliches wie Pedale hingen. Was ihn aber am meisten erstaunte war der dicke, große, steilaufgerichtete Dildo, der etwa aus der Mitte des Pferderückens hochragte. Der Kopf des Pferdes war flach, so dass sich jemand darauf legen konnte. Auf diesem Schaukelpferd war groß die Nummer eins angebracht.

„Jetzt lost Mylord das Paar aus, das sich auf diesem Pferd vergnügen darf, Sir."

Erstaunt sah Chris auf Debbie hinunter.

„Jeder Teilnehmer hat eine Nummer bekommen. Frauen wie Männer. Sie sehen fünf Frauen und fünf Männer. Nun zieht unser Mylord eine Zahl, und wer diese Zahl hat, ist an der Reihe zu spielen.

Sollte zufällig ein Ehepaar auserwählt worden sein miteinander zu spielen, so wird neu gewählt. Denn Ehepaare können sich zuhause gegenseitig verwöhnen. Hier geht es hauptsächlich darum, Sex mit anderen Partnern zu haben."

Chris verstand zwar nicht ganz, was Debbie ihm leise erklärte, aber es war auch nicht notwendig, er sah sofort was sie meinte.

Mylord hatte Kugeln von eins bis fünf in seiner Hand. Er spielte mit ihnen, ließ sie von seiner rechten in seine linke Hand wandern, und plötzlich ließ er eine davon fallen. Es war die Nummer drei. Sofort stellte sich ein Herr, auf dessen Rücken der Kutte dick und fett die Nummer drei aufgemalt war, in die Mitte des Raumes. Dann folgte ihm eine junge Frau, auf deren Kutte auch die Nummer drei zu sehen war.

Alle anderen Paare stellten sich in kurzer Entfernung um das Pferd. Mylord fing langsam an, das Gewand der Frau mit der Nummer drei in die Höhe zu heben. Dabei streifte er mehrmals zart über ihre harten Nippel, die sich durch den Stoff hindurch drückten.

Die Frau atmete schwer, und Mylord hob ihre Kutte so hoch, dass ihre Scham und ihr Venushügel nicht mehr vom Stoff bedeckt waren. Zärtlich strich er langsam über das rötliche, gekräuselte Haar, das ihre dicken Schamlippen umrahmten. Instinktiv bewegte sich die Frau ein wenig auf ihn zu, so als ob sie sagen wollte,

„Geben Sie mir mehr. Hören Sie nicht auf."

Doch Mylord hörte auf und zog ihr nun das Gewand über den Kopf und gab ihre ganze Nacktheit preis. Ein lautes Stöhnen ging durch die Paare, die sich um das Pferd versammelt hatten. Der Körper der jungen Frau war von überwältigender Schönheit. Die beiden Brüste, die wie Alabaster schimmerten und deren Nippel steif und hart abstanden. Ihre Oberschenkel, die sie leicht gespreizt hatte und die nur darauf warteten, sich vor Lust weit öffnen zu dürfen. Ihr Venushügel, der leicht mit einem rötlichen Flaum bedeckt war und der seinerseits nur darauf wartete, endlich gefickt zu werden.

„Sie dürfen nichts tun, sie dürfen sich nicht berühren,"

flüsterte Debbie neben Chris.

„Sie dürfen nur beobachten. Kommt einer von ihnen dabei zum Höhepunkt, werden sie hart bestraft."

Die Frau, die nun vollkommen nackt in dem hell erleuchteten Verlies stand, erregte die Paare, denn sie war wunderschön. Leicht zitterte ihr Körper, der sich unter den Blicken der anderen Anwesenden leicht nach vorne beugte. Sofort griff ihr Mylord in das lange rote Haar und zog ihren Kopf nach hinten, bis sie wieder gerade stand und ihr Körper den Blicken der Anderen preis gegeben war.

„Bleib so stehen, bewege dich nicht. Ich entblöße jetzt deinen Partner für dieses Spiel."

Er drehte sich um zu dem Mann, der als ihr Gespiele ausgelost worden war und der geduldig, aber sichtlich erregt darauf gewartet hatte, bis Mylord sich zu ihm wandte. Nun hob Mylord auch das Gewand dieses Mannes langsam hoch, bis ein großer, fast riesig zu nennender, sehr erigierter Penis zum Vorschein kam. Wieder stöhnten die anderen Paare laut auf. Auch Debbie, die neben Chris stand, musste ein paar Mal nach Luft schnappen.

„Was für ein schöner Mann,"

flüsterte sie ihm zu, Chris hatte jedoch nur Augen für die schöne junge Frau mit den wundervollen Haaren, die vollkommen nackt inmitten all dieser Menschen stand und die alle anstarrten.

Nachdem Mylord auch die männliche Nummer drei vollkommen entblößt hatte, führte er beide aufeinander zu und dirigierte sie vor das Schaukelpferd.

„Das ist Euer Spielzeug für diesen Abend. Lasst uns an Eurer Lust teilhaben."

Chris begriff, dass die anwesenden Personen dieses Spiel wohl schon kannten und auch schon öfter miteinander gespielt hatten. Zwei der Männer hoben die junge Frau hoch und legten sie mit dem Rücken auf den Kopf des Pferdes. Zwei der Frauen nahmen ihre Arme und fixierten sie an die Manschetten, die sich an den Stangen links und rechts des Pferdekopfes befanden.

Von der Decke des Raumes hingen verschiedene Geräte, die Chris zuvor nicht gesehen hatte. Zwei dieser Spielzeuge zogen die Frauen hinunter. Es waren Pedale, weich gefüttert, in die sie die Füße der jungen Frau legten. Dann zurrten sie die Gurte fest, damit die Füße nicht herauskommen konnten und zogen sie nach oben. Ein weiterer Hebel diente dazu, ihre Beine so weit zu spreizen, wie sie nur konnten.

Erneut ging ein Murmeln durch die Anwesenden, als die junge Frau so ihre ganze Weiblichkeit für alle Beteiligten öffnete. Ihre weibliche Scham, die sich durch das Strecken und Spreizen ihrer Beine weit geöffnet hatte und die die kleinen Schamlippen dazwischen offenbarten. Die dicken äußeren Schamlippen waren leicht nach außen gewölbt und zeigten ihre zarte, leicht rötliche Farbe. Erkennen konnte man auch ihren Kitzler, der pulsierend darauf wartete, zu explodieren und seinen Saft zu verteilen. Jeder durfte nah an sie herantreten und sich an ihrem Anblick ergötzen. Aber keiner durfte sie berühren. Das durften nur Mann Nummer drei und Mylord. Unter den langen Kutten konnte Chris erkennen, wie erregt die einzelnen Männer waren. Aber sie mussten sich beherrschen.

Nachdem sich alle an ihrem wunderschönen Anblick satt gesehen hatten, war nun ihr ausgewählter Partner an der Reihe. Er war derjenige, der sie berühren und mit ihr spielen durfte. Langsam trat er neben sie und strich zärtlich und behutsam über ihre steifen Nippel, beugte sich über sie und fing an, daran zu saugen. Erst zärtlich, doch dann heftig und voller Begierde, sodass die junge Frau leicht aufstöhnte. Es schien ihren Partner nur noch geiler zu machen, seine Zunge leckte ihr rechtes Ohrläppchen und seine rechte Hand wanderte ihren Körper hinunter, bis zu ihrem leuchtenden Schamhaar. Gierig sog er wieder an ihren Nippeln und seine Finger teilten ihre dicken Schamlippen weit auseinander. Ein Aufstöhnen der Lust ging durch den Raum, und als er seinen dicken, langen Mittelfinger in ihre dunkle Möse einführte, keuchten nicht nur die Frauen laut auf. Ein paar Mal fickte er sie mit seinem Finger, um dann langsam um ihre hoch hinauf gezogenen Beine herum zu gehen und sie selbst von vorne zu betrachten.
Die junge Frau wand sich unter seinen Blicken, so gut sie es in ihrer Lage vermochte. Je mehr sie sich bewegte, umso ungemütlicher wurde ihre Lage.
„Du hast eine geile Muschi", stöhnte ihr Partner, „dicke Schamlippen, die sich nach außen wölben, die mir alles von dir preisgeben."

Zärtlich fuhren zwei seiner Finger zwischen ihren dicken Schamlippen hin und her und massierten die kleineren dazwischen. Nun fing die junge Frau an, etwas lauter zu stöhnen. Nicht aus Schmerz oder Scham, sondern aus purer Wollust, die ihr seine Finger bereiteten.

Chris beobachtete Mylord, wie er sich hinter den anderen Zuschauern einreihte und durch den Stoff seiner Kutte an seinem Penis rieb und dabei gierig dem Paar auf dem Pferd zusah. Schweißperlen kullerten seine Wangen hinunter, und sein Atem ging heftig. Sollte er heute Abend abspritzen, würde er bestraft. Aber Debbie, die diesen Spielen schon oft zugesehen hatte, vermutete, dass der Eine oder Andere es nur darauf anlegte, bestraft zu werden.

Nummer drei steckte nun auch noch den Zeigefinger und den Ringfinger seiner rechten Hand in die vor ihm liegende Vagina und fickte sie hart und kräftig, während seine linke Hand die dicken Schamlippen weit gespreizt hielten. Langsam zog er anschließend seine Finger aus ihrer Vagina. Sie schimmerten feucht, waren richtig nass. Nummer drei drehte sich herum und rieb damit den dicken Dildo auf dem Pferd ein. Es schien ihm nicht genug zu sein, und so steckte er alle Finger, außer dem Daumen, wieder in die vor ihm liegende Fotze der jungen Frau. Eifrig bewegte er sie in ihr, kräftig und dann wieder zärtlich. Man konnte nicht nur das heftige Atmen der Zuschauer hören, sondern auch das Stöhnen der jungen Frau, die sich unter seinen Stößen hin und her wand.

Schließlich zog er seine Finger wieder hinaus und rieb erneut den Dildo damit ein. Dieses Mal schien ihm die Menge der Fotzenflüssigkeit zu reichen.

Dann zog er die hinteren Pedale näher zu sich heran und steckte seinen linken Fuß in die linke Pedale, schwang sich hoch über das Pferd, begleitet von entzückten Rufen der zusehenden Frauen und glitt mit dem rechten Bein in die Pedale, die rechts neben dem Pferd hing. Von der Decke herab hingen zwei Ringe, die er mit seinen Händen ergriff und an denen er sich festhielt. Hochaufgerichtet stand er so direkt über dem dicken Dildo, bereit, sich auf ihm niederzulassen.

Aber noch tat er es nicht. Fragend sah Chris zu Debbie, die ihm aber nur andeutete, wieder durch das Fenster zu sehen. Chris bemerkte, wie die zwei Ringe, die von der Decke des Raumes herab gelassen worden waren, damit er sich daran festhalten konnte und dass sich die Pedale, in denen er aufrecht stand, langsam nach unten bewegten und Nummer drei sich so stetig auf den Dildo niederließ. Mylord hatte nun eine Art Fernbedienung in der Hand und dirigierte somit das Geschehen.

Kurz bevor Nummer drei mit dem Hintern auf dem Dildo aufsetzte, begaben sich zwei der anderen Herren neben das Pferd und zogen seine Arschbacken so weit sie konnten auseinander. Nummer drei stieß einen kurzen Schrei aus, denn Mylord ließ ihn so verharren, um dann die Pedale und die Ringe von der Decke mitsamt Nummer drei ein Stück nach unten fallen zu lassen. Nummer drei schrie wieder auf, atmete schwer und stöhnte laut. Die Eichel des Dildos steckte bis fast zur Hälfte in der engen Öffnung seines Arsches. Seinen Kopf hatte er in den Nacken geworfen, und seine Finger ließen die Ringe los und krallten sich nun an den Schultern der beiden Männern fest, die noch immer seine beiden Arschbacken auseinander hielten. Doch Mylord schüttelte missmutig den Kopf, und sofort griff Nummer drei wieder nach den Ringen und sackte so ein wenig tiefer auf den Dildo.

Mit steigender Erregung stellte Chris fest, dass Nummer drei jetzt gerade mal den Kopf des Dildos in seinem Hintern stecken hatte. Den Rest des riesigen künstlichen Schwanzes hatte er noch nicht geschafft. Doch kaum hatte sich Nummer drei an den Schmerz und die Dehnung seines Afters gewöhnt und atmete wieder langsamer, benutzte Mylord erneut die Fernbedienung und ließ ihn mit einem Rutsch auch den Rest des Dildos in sich aufnehmen.

Chris konnte gut erkennen, dass es wohl nicht das erste Mal war, dass Nummer drei dieses Vergnügen hatte, denn wer konnte schon so ein Ungetüm in seinem Arsch beherbergen? Kaum hatte Nummer drei den Dildo mit seiner ganzen Länge in seinem Arsch, betätigte Mylord wieder die Fernbedienung. Chris sah, dass der Dildo in Nummer drei vibrierte, denn der ganze Körper des Mannes zitterte. Laut stöhnte er auf und gab sich diesem Genuss hin. Man konnte an seinem Gesicht erkennen, wie sehr er es genoss, in den Hintern gefickt zu werden.

Die junge Frau, die auf dem Kopf des Pferdes lag, hatte alles genau beobachtet. Auch sie schien zu wissen, wie es weitergehen würde. Gespannt und erregt wartete sie auf die Fortsetzung und sah Mylord erwartungsvoll an. Dieser nickte kurz und drückte wieder auf seine Fernbedienung. Dieses Mal kam es Chris so vor, als ob das Pferd in der Mitte einknicken würde. Die Männer, die kurz zuvor noch die Arschbacken von Nummer drei auseinander gezogen hatten, sorgten nun dafür, dass sein harter Schwanz, dessen Eichel dick angeschwollen war und aus dessen kleiner Spalte die ersten Liebestropfen herausquollen, genau in die Fotze der vor ihm liegenden jungen Frau eindrang.

Nun war sie es, die einen kurzen Schrei ausstieß und sich aufbäumte. Tief war dieser kräftige Schwanz in ihr drin und plötzlich bewegte sich das Pferd. Die Hälfte, auf der die junge Frau entblößt lag und die andere Hälfte, auf dem Nummer drei aufgespießt auf einem Dildo in seinem Arsch saß, bewegten sich unabhängig voneinander. Je nachdem welche Knöpfe der Fernbedienung Mylord drückte, schüttelten sich die beiden Hälften, bewegten sich aufeinander zu oder wieder zurück, rotierten oder wackelten hin und her, hoben und senkten sich und sorgten dafür, dass der Dildo im Arsch Nummer drei noch heftiger pulsierte und vibrierte.

Immer wieder ließ Mylord den Schwanz von Nummer drei heftig in die Vagina der jungen Frau eindringen, die jedes Mal dabei vor Entzücken leicht aufschrie. Und immer und immer wieder hob er die Pedale an, in denen die Füße von Nummer drei steckten, um ihn anschließend wieder auf den Dildo fallen zu lassen. Nummer drei konnte sich nur mit Hilfe der Ringe aufrecht auf dem Dildo halten.

Der Raum war erfüllt von lautem Stöhnen und Lustschreien der beiden Menschen, die an diesem Akt aktiv beteiligt waren. Die Zuschauer gingen um das Pferd herum, um alles genau betrachten zu können. Eine der Frauen konnte sich nicht zurückhalten und fing an, den Kitzler der jungen Frau auf dem Pferd zu massieren. Mylord ließ sie gewähren und trat etwas näher heran, um es genau zu betrachten.

Auch Chris sah, dass sich die dicken Schamlippen der jungen Frau langsam noch mehr nach außen wölbten, ihre zartrosa Farbe preisgaben und er stellte sich vor, selbst Akteur zu sein. Wie gerne würde er jetzt seine Zunge zwischen diese beiden Schamlippen drücken, um ihren köstlichen Saft, der bestimmt gleich aus der Klitoris strömen würde, aufzunehmen und mit Genuss zu schlucken. Schon längst hatte er seinen harten Schwanz aus seiner engen Hose heraus geholt und war dabei, seine Vorhaut vor und zurück zu schieben. Immer heftiger wurden seine Bewegungen, als er spürte, dass jemand an seiner dick angeschwollenen Eichel leckte. Sein irritierter Blick nach unten bestätigte seine Vermutung. Es war Debbie, die seine Eichel leckte und ihre Zunge gerade in die kleine Spalte am oberen Ende steckte, um die ersten salzigen Liebestropfen heraus zu lecken.

Ihre Augen begegneten sich, und Chris ließ sie gewähren. Ließ es auch zu, dass sie nun seinen Schwanz in ihre Hände nahm und seine Vorhaut heftig bewegte. Sie befand sich in der Hocke vor ihm, ihr Rock war hochgeschoben und er konnte ihre Scham sehen, da sie immer noch kein Höschen trug. Ihre Vagina war leicht gespreizt und auch ihre äußeren Schamlippen waren dick geschwollen. Chris wusste nicht, wohin er zuerst schauen sollte. Auf das Schauspiel im Kellerraum oder auf die vor ihm entblößte weibliche Scham, die ihm so selbstverständlich offenbart wurde.

Ein kurzer Blick durch das Fenster zeigte ihm, dass die junge Frau auf dem Pferd, hervorgerufen durch die starken Stöße des Schwanzes ihres ausgewählten Partners und bedingt durch zärtlichen Hände einer Frau an ihrer Klitoris, kurz vor dem Orgasmus stand. Ihr Kopf war etwas aufgerichtet, und sie schaute mit weit offenem Mund zu, wie sie verwöhnt wurde. Immer heftiger ging ihr Atem, immer schneller ließ Mylord nun den Schwanz von Nummer drei in sie hineinstoßen und immer kräftiger massierten die Finger der anderen Frau ihren Kitzler. Dann kam sie. Langsam und ungläubig hob sie ihren Kopf, atmete kaum noch, spannte ihren ganzen Körper und zusammen mit einem heftigen Stoß des Schwanzes in ihr und der Finger an ihrem Kitzler übermannte sie ein Orgasmus, wie sie ihn wohl vorher noch nie gespürt hatte. Sie schrie und wand sich auf dem Pferd, und wusste nicht wohin mit ihrer Lust.

Auch ihr Partner war soweit. Auch er spannte seinen Körper, und kurz bevor er abspritzte und als sein Schwanz sich gerade knapp außerhalb der Vagina befand, beugte sich eine der Frauen hinunter und nahm ihn in ihrem Mund auf. Heftig saugte sie an seiner Eichel, und als er mit einem lauten Schrei kam, schluckte sie seinen Erguss ohne auch nur einen Tropfen des köstlichen Spermas zu vergeuden.

Es herrschte gespenstische Ruhe in dem Kellerraum. Erst nach einer ganzen Weile meinte Mylord ganz ruhig und sachlich:

„Nummer vier, das durftest du nicht. Man wird dich bestrafen müssen."

Nummer vier war die Frau gewesen, die sich den Schwanz von Nummer drei einfach in den Mund gesteckt und seinen Samenerguss getrunken hatte.

Sie nickte und sah nun etwas verschüchtert aus. Vielleicht weil sie sich ihres Ungestüms schämte, oder auch aus Angst, was er nun mit ihr anstellen würde.

Zitternd schob sie sich die letzten Reste des Spermas in den Mund und begab sich hinter die anderen Zuschauer. Vielleicht glaubte sie ja so, den Blicken Mylords zu entgehen.

Währenddessen hatte Debbie nicht aufgehört, die Eichel des Schwanzes von Chris mit ihrem Mund zu verwöhnen. Er stand kurz davor, abzuspritzen. Debbie sah ihn erwartungsvoll an, rieb noch heftiger an seinem Schwanz mit ihrer rechten Hand und massierte seine Eier gefühlvoll mit ihrer linken. Chris spürte, wie seine Knie weich wurden und er seinen Orgasmus nicht mehr länger hinaus zögern konnte. Ihre Augen fest im Blick ließ er es zu und kam mit einer Wucht, wie er es kaum zuvor erlebt hatte. Immer wieder rammte er seinen Schwanz in ihren geöffneten Mund und spritzte sein Sperma tief in ihren bereitwilligen Schlund. Er hörte, wie sie schluckte und schluckte und es spornte ihn an, alles aus ihm herauszudrücken, ihr jeden noch so kleinsten Rest des Spermas aus seinem Schwanz zu geben.

Als er endlich leer war, zog Chris ihn behutsam aus ihrem Mund und drückte sie nach hinten auf den Boden. Noch immer war ihr Rock hochgeschoben und ihre Beine standen leicht gespreizt vor ihm.

Sie hatte eine wunderschöne weibliche Scham. Dicke Schamlippen, umrahmt von rötlichen krausen Haaren, die sich umsonst bemühten, ihre weiblichen Genitalien zu verbergen.

Chris ließ einen Finger zwischen diese Lippen gleiten.

‚Wie feucht sie ist,'

dachte er und bewegte seine Finger forschend weiter.

Als er an ihrer Klitoris ankam, bemerkte er, dass diese vor Erregung klopfte. Chris beugte sich vor, um sich alles genau anzusehen und roch ihren Duft, diesen Duft, den nur Frauen haben, die bis aufs Äußerste erregt sind. Er zog langsam ihre Schamlippen auseinander, und der Duft verstärkte sich. Chris konnte nicht anders, er leckte mit seiner Zunge durch ihre ganze Scham, vergrub sein Gesicht darin und biss ganz vorsichtig und nur ganz leicht in ihren Kitzler. Debbie stöhnte leise, ihr Körper bäumte sich auf, sie wollte mehr. Sie wollte einen Orgasmus, und Chris gab ihn ihr. Seine kundigen Finger brauchten nicht lange, um sie dazu zu bringen. Sie legten sich um ihren Kitzler und massierten ihn, bis er seine Tröpfchen preisgab. Gierig saugte sie Chris mit seinen Lippen auf. Als Debbie vor Lust laut aufschrie, hielt er seine Hand vor ihren Mund. Er hatte Angst, dass sie von den Männern und Frauen im Kellerraum neben ihnen gehört werden könnten. Ihr Atem ging heftig, und ihre Augen verrieten ihm, dass sie ihre Lust genoss.

Sein Penis war in der Zwischenzeit wieder hart und steif geworden. Debbie lag noch immer mit weit gespreizten Beinen vor ihm und hob ihren Schoß etwas an, um ihm anzudeuten:

„Ich bin soweit, fick mich endlich."

Und Chris fickte sie. Stieß seinen wulstigen Schwanz tief in ihre Vagina und fickte sie, wie er zuvor noch nie eine Frau gefickt hatte. Hart und unbarmherzig stieß er zu, bis er kurz vorm Abspritzen war. Dann hörte er abrupt auf, zog seinen Schwanz aus ihrer Möse und schob ihn erneut zwischen ihre Lippen. Sofort begann ihre Zunge wieder, seine Eichel und die kleine Spalte zu lecken. Es dauerte nicht lange und Chris presste seine Arschbacken zusammen und entlud seinen Schwanz wieder und wieder in ihrem Mund. Debbie saugte, als ob sie nicht genug davon bekommen konnte. Saugte seinen Schwanz leer und leckte noch an ihm, als schon nichts mehr heraus kam.

Erschöpft lagen beide danach nebeneinander und sprachen kein Wort. Genossen das Wohlgefühl, das ihre beiden Körper befallen hatte.

Erst nach einer Weile, nachdem Debbie und Chris sich wieder beruhigt hatten, blickten sie erneut durch das Fenster. Der Kopf der jungen Frau mit der Nummer vier, die sich kurz zuvor unberechtigterweise den Schwanz von Nummer drei in den Mund gesteckt und leer gesaugt hatte, wurde gerade durch ein Holzgestell geschoben genau wie ihre beiden Hände. Die Öffnungen wurden verschlossen, so dass sie nicht mehr heraus konnte. Ihr Hinterteil, ihr wunderschöner Arsch, hing etwas erhöht über einem waagerechten Pfahl und ihre Füße steckten in einer Art hölzernen Pantoffeln, aus denen sie alleine nicht mehr herauskam. Die Öffnungen ihrer Vagina und ihres Arschloches lagen weit ausgebreitet vor den anderen Mitspielern.

Mylord trat hinter die junge Frau und gab ihr zwei kräftige Schläge mit seiner flachen Hand auf jeden ihrer Arschbacken, die daraufhin sofort rot anliefen. Sie stöhnte laut auf, konnte sich aber nicht bewegen, denn sie war eng eingeschlossen in dieses Gestell. Dann massierte er die kleinen, festen Arschbacken mit seinen großen, kräftigen Händen. Das schien Nummer vier zu gefallen, sie stöhnte genüsslich. Sofort schlug Mylord erneut zu, wieder zwei Schläge auf jede ihrer Arschbacken. Dieses Mal stöhnte Nummer vier vor Schmerzen, gepaart mit großer Lust. Denn dass sie die Schläge genoss, konnte Chris an ihren Augen erkennen.

Mylord drehte sich um und sagte etwas, was Chris nicht verstehen konnte. Daraufhin zogen alle anwesenden Männer die Kutten über ihren Kopf und standen nackt in dem hell erleuchteten Raum. Selbst Chris musste neidlos erkennen, dass diese Männer, jeder einzelne von ihnen, über einen enorm großen Schwanz verfügten. Sie stellten sich nebeneinander, und Mylord maß jeden dieser Schwänze mit einem Lineal. Einer der Schwänze war jedoch so lang, dass er über die Länge des Lineals herausragte. Zudem war er auch noch dicker und kräftiger als alle anderen. Diesen Herrn, er trug die Nummer fünf auf seinem Rücken, zog Mylord mit sich. Direkt hinter der jungen Frau, die ihm ihre Öffnungen unfreiwillig preisgab, blieben sie stehen. Mylord gab dem auserwählten Mann Anweisungen, die Chris zu seinem Leidwesen wieder nicht verstehen konnte, und trat dann etwas zurück.

Wieder scharten sich die anderen Mitspieler um die beiden Akteure und sahen zu, wie Nummer fünf sich breitbeinig hinter der angebundenen jungen Frau in Stellung brachte. Vorsichtig drückte er seine dicke Eichel an die Öffnung ihrer Vagina und schob sie langsam hinein, um, als er gerade an der dicksten Stelle seiner Eichel war, etwas zu warten. Nummer vier stöhnte laut auf und versuchte vergebens, ihn durch Bewegungen ihrerseits ganz in sich aufzunehmen. Nummer fünf ließ seine Eichel kreisen, zog sie wieder ein Stück hinaus, um sie dann umso kräftiger wieder bis zur Hälfte in ihre enge Öffnung zu rammen. Die junge Frau, deren Kopf und Hände eingeschlossen waren, stöhnte laut auf, und Speichel tropfte aus ihrem Mund.

Wieder drückte Nummer fünf seine Eichel halb in ihr dunkles, feuchtes Loch und bewegte sie hin und hier. Es schien die junge Frau derartig zu erregen, dass sie ihren Kopf gegen das Holz stieß, das ihn umschloss. Sie spürte jedoch keine Schmerzen, es war die reine Lust, die aus ihr sprach.

Dann erst stieß Nummer fünf richtig zu und versenkte seinen langen Schwanz ganz in ihr. Während er sie heftig in ihrer Vagina fickte, schob er gleichzeitig den Mittelfinger seiner rechten Hand in das vor ihm liegende Loch des Hinterns der jungen Frau. Tief bohrte er ihn hinein und fickte sie damit. Dann zog er ihn langsam hinaus, um anschließend seinen Ringfinger zusammen mit seinem mittleren Finger und seinem Zeigefinger wieder in die dunkle enge Grotte vor ihm zu stoßen. Ganz tief in ihrem Arsch fickte er sie damit. Sie versuchte sich aufzubäumen, sich ihm zu entziehen, aber sie konnte nicht. Nun schob er seinen kleinen Finger noch zu den anderen, die schon in ihrem Arsch steckten und fickte sie hart und kräftig mit seinen vier Fingern. Zusätzlich fickte er sie mit harten Stößen seines Schwanzes immer und immer wieder tief und hart in ihre Vagina. Plötzlich zog er seinen Schwanz aus ihrer feuchten Fotze und seine Finger aus ihrem engen Arschloch heraus.

Chris sah, wie sich der Körper der jungen Frau entspannte. Aber nur für einen kurzen Augenblick. Nummer fünf deutete den nebenstehenden Männern an, die Arschbacken der Frau mit der Nummer vier weit auseinander zu ziehen und festzuhalten, denn schon versuchte er, seine enorme Eichel in die enge Öffnung ihres Hinterns zu bekommen. Langsam und mit Bedacht drückte er sie hinein und genau wie zuvor mit ihrer Vagina, verharrte er in seinen Bewegungen, als sich die dickste Stelle seiner Eichel genau in ihrer engen Öffnung befand. Chris hörte, wie die junge Frau einen Schrei ausstieß, aber Nummer fünf ließ sich davon nicht beirren. Erst nach einer geraumen Weile stieß er seinen Schwanz tiefer und tiefer in sie hinein, so tief, bis sie ihn ganz aufgenommen hatte.

Die beiden Männer, die bis dahin ihre Arschbacken auseinander gehalten hatten, traten wieder auf die Seite und sahen zu, wie Nummer fünf begann, sie mit seinem Schwanz in ihrem Arsch zu ficken. Heftig und unbarmherzig waren seine Stöße. Der Körper der jungen Frau vibrierte, und sie zitterte. Doch an ihren Augen erkannte Chris, wie sehr sie es genoss, obwohl es als Strafe für sie gedacht war.

Im Takt zu seinen Stößen schlug er ihr abwechselnd mit der flachen Hand erst auf ihre rechtes und dann auf ihr linkes Hinterteil. Dann ergriff er beide Arschbacken mit seinen Händen und massierte sie kräftig. Die Frau unter ihm stöhnte laut auf und versuchte, ihren Kopf immer wieder in den Nacken zu werfen, was ihr aber nicht gelang, da sie nur gegen das Holz schlug.

Seine Stöße wurden heftiger, immer tiefer drang er in sie und immer kräftiger wurden seine Schläge auf ihren Hintern. Sein Atem ging schneller, seine Augen wurden glasig und seine Arschbacken zogen sich zusammen.

Mit einem lauten Schrei stieß er ein letztes Mal zu, um dann tief in ihrem Arsch abzuspritzen. Er presste seinen Schwanz so fest zwischen ihre Pobacken, als ob er auch seine Eier in ihren Arsch hinein zwängen wollte.

Langsam entspannte er sich, und mit zwei kräftigen Schlägen seiner Hände auf ihre Arschbacken zog er langsam seinen Schwanz aus ihr heraus.

Die Schamlippen der jungen Frau hatten sich nach außen gewölbt und waren dick geschwollen. Sie war bis aufs Äußerste erregt und stand kurz vor einem Orgasmus. Doch den würde sie heute Abend nicht bekommen. Chris dachte mit Schaudern an das Gefühl, das jetzt in dieser Frau sein musste. Kurz vor einem Orgasmus zu sein und keine Erfüllung zu bekommen. Er wollte es sich gar nicht ausmalen, was jetzt gerade in ihr vorging.

Zwei der anderen Frauen erlösten Nummer vier aus ihrem Holzblock und setzten sie auf einen Holzstuhl. Sie wollte sich erheben, aber die Frauen drückten sie wieder hinunter. So verblieb sie eine Zeitlang und musste ihre schmerzenden Arschbacken auf den harten Stuhl drücken. Ihre Beine hielt sie dabei etwas gespreizt, und man konnte erkennen, wie erregt sie war und wie sehr sie sich nach Befriedigung sehnte. Unruhig rutschte sie hin und her. Immer wieder versuchte sie, mit ihren Fingern an ihren Kitzler zu gelangen, um sich den erlösenden Orgasmus zu verschaffen. Und jedes Mal bemerkte es Mylord, und er schlug ihr als Strafe mit einer kleinen Peitsche auf die Finger. Nummer vier wurde immer erregter und bettelte immer mehr um Befriedigung.

Eine Zeitlang sah Mylord sie an und drehte sich dann zu den anderen Teilnehmern um.

„War die Bestrafung hart genug oder soll sie noch mehr leiden?"

Die anderen Lüstlinge, die das Geschehen mit großer Freude betrachtet hatten, berieten sich eifrig. Dann stimmte man ab.

„Wir haben beschlossen, dass es für heute genug ist."

„Gut, so sei es. Soll sie einen Keuschheitsgürtel tragen bis zu unserem nächsten Treffen?"

Die anderen nickten heftig, und die junge Frau schrie laut auf.

„Bitte nicht, bitte nicht den Keuschheitsgürtel, Mylord, bitte nicht. Bitte Mylord, ich habe doch meine Strafe bekommen, bitte nicht den Gürtel, Mylord. Meine Klitoris schreit nach Erfüllung, bitte Mylord.

Doch Mylord bedachte sie nur mit einem abwertenden Blick.

„Sie haben sich heute Abend etwas genommen, was Ihnen nicht zustand, deshalb werden Sie heute Abend keinen Orgasmus erleben dürfen. Und die nächste Woche auch nicht."

Wieder schrie die junge Frau laut auf.

„Bitte Mylord, bitte. Ich halte es nicht aus, bitte Mylord, Ich mache alles für Sie, bitte, aber lassen Sie mich nicht so leiden, Mylord. Ich brauche einen Orgasmus, und zwar jetzt sofort, Mylord!"

Doch Mylord ließ sich nicht erweichen.

„Sie machen alles für mich? Gut zu wissen, dann werde ich Sie nächste Woche überprüfen, ob Sie wirklich bereit sind, alles für mich zu tun."

Um sie noch mehr zu bestrafen, trat er vor sie und berührte ihre Klitoris, die zwischen seinen Fingern vor Erregung klopfte. Leise stöhnte Nummer vier auf, was Mylord veranlasste, ihre Scham sofort los zu lassen.

Dann drehte er sich wieder zu den anderen Teilnehmern.

„Einen ledernen oder einen eisernen Gürtel?"

Wieder berieten sie sich und beschlossen einstimmig:

„Sie hat den eisernen verdient."

So ging Mylord zu der Wand, an der verschiedenes Sexspielzeug hing, und nahm den eisernen Gürtel vom Haken. Langsam, den Gürtel genauestens betrachtend, ging er zurück zu dem harten Stuhl, auf dem immer noch die Frau saß, die nun den Gürtel der Keuschheit tragen sollte.

„Steh auf!"

forderte er sie auf. Sofort gehorchte sie. Der Gürtel selbst bestand aus Leder, nur der untere Teil war aus Eisen. Sie stieg mit ihren Beinen in die beiden Öffnungen, und Mylord zog den Gürtel nach oben, bis über ihre Hüften. Dann verschnürte er das Lederband um ihre Taille und schloss es mit einer Schnalle. An dieser Schnalle war ein Schloss angebracht, das er mit einem kleinen Schlüssel zusperrte. Diesen Schlüssel hängte er an die Wand, dorthin, wo vorher der Gürtel hing.

„Spreize deine Beine,"

forderte er sie auf. Er prüfte, ob der Gürtel eng um ihre Scham lag.

„Leg dich auf die Liege."

Etwas unbeholfen ging die junge Frau zu der hölzernen Liege, die sich an der linken Seite des Raumes befand.

„Auf den Rücken und spreize deine Beine."

Artig legte sich die junge Frau auf den Rücken und öffnete ihre Beine. Mylord beugte sich darüber und untersuchte mit seinen Fingern, ob die eiserne Binde die Scham von Nummer vier auch wirklich verdeckte. Dann zog er die äußeren Schamlippen so weit er konnte über das kühle Metall. Die junge Frau stöhnte auf.

„Bitte, Mylord, bitte. Ich kann doch so nicht eine ganze Woche verbringen. Ich verbrenne Mylord, bitte geben Sie mir doch wenigstens einen Orgasmus, bitte Mylord."

Doch stattdessen fauchte er sie an:

„Auf den Bauch!"

Sie drehte sich herum und legt sich auf ihren Bauch.

„Knie dich hin!"

Fragend sah die junge Frau zu Mylord. Sie begriff nicht ganz, was er von ihr wollte.

„Du sollst dich hinknien. Zeig mir deinen Arsch!"

Endlich hatte sie begriffen und kniete sich auf die Liege. Mylord deutete einem der jungen Männer an, ihre Arschbacken für ihn auseinander zu ziehen. Was dieser auch sofort tat. Nun untersuchte er den hinteren Teil der eisernen Binde, die sich zwischen ihren Pobacken befand. Eng lag das kühle Metall an ihrer Haut an, und Mylord gelang es nicht, einen Finger in ihre enge Höhle zu schieben.

„Sie kann aufstehen."

Erst nun, nachdem er sich selbst davon überzeugt hatte, dass die Genitalien der jungen Frau fest hinter der eisernen Binde versteckt waren, ihre äußeren, immer noch dick geschwollenen Schamlippen sich außerhalb der eisernen Binde befanden und sie umhüllten und sie sich auch nicht mit ihren Fingern selbst befriedigen konnte und auch ihr Arschloch keinem Finger oder Schwanz zugänglich waren, gab er sich zufrieden.

„Wir treffen uns hier wieder in genau einer Woche. Lasst es Euch bis dahin gut ergehen. Gute Nacht."

„Gute Nacht, Mylord."

Und einer nach dem anderen verließ den Raum.

Kapitel 6

Erst als sie sicher waren, dass alle gegangen waren, verließen auch Debbie und Chris das Kellergewölbe. Vorsichtig stiegen sie die steinernen Stufen der schmalen Treppe hinauf und gelangten wieder in den Wohnbereich der Burg. Sie verabschiedeten sich voneinander, und Chris ging in sein Zimmer, während Debbie die Treppen zum Gesindewohnbereich hinauf huschte.

Chris konnte nicht begreifen, was er gerade beobachtet hatte. Noch vor einer Woche war er in einem Elite Internat gewesen und hatte keine Ahnung gehabt, dass er heute hier in Fallgrove Castle einer Sexorgie zuschauen würde.

Chris hatte zwar mit seinen 26 Jahren schon manche sexuelle Abenteuer erlebt, aber das, was er heute beobachtet hatte, übertraf all seine Vorstellungskraft. In Deephill, dort wo er und Matthew, der Sohn von Mylord und Mylady, gemeinsam studierten und sich ein Zimmer teilten, hatte er mit Judy schon wundervolle Stunden zu zweit verbracht, und sie hatten natürlich auch miteinander geschlafen. Er hatte schon etliche Freundinnen vor Judy gehabt, doch er war der erste Mann für Judy gewesen. Als sie sich trafen und lieben lernten, probierten sie ihre ersten abenteuerlichen Versuche in Sachen Sex gemeinsam. Aber das, was er soeben erlebt hatte, übertraf alles, was er bisher über Sex wusste.

Eines Abends hatten er und Matthew über Sex gesprochen, und Chris hatte bemerkt, wie unsicher Matthew bei diesem Thema war.

In Schottland war er verlobt mit Kathleen, einer jungen Adligen. Mit ihr wollte er das erste Mal Sex erleben, in ihrer gemeinsamen Hochzeitsnacht.

Chris hatte laut aufgelacht, als ihm Matthew davon erzählte, hatte aber sofort damit aufgehört, als er merkte, wie sehr er Matthew damit verletzt hatte. Nie mehr sprachen sie in Zukunft über das Thema Sex.

Ob Matthew wusste, was in dem Schloss passierte? Was sein Vater heimlich trieb?

Chris fiel in einen tiefen Schlaf, in dem er die unglaublichsten Sexabenteuer erlebte, und als er am nächsten Morgen erwachte, war sein Schwanz hart und steif. Genüsslich fing er an ihn zu reiben, schloss die Augen und träumte von Judy, ihrem weichen Körper, ihren kleinen, festen Brüsten. Doch auch Debbies Körper schob sich in seine Gedanken, und ehe er sich versah, spritzte sein Schwanz sein kostbares Gut hinaus, und der einhergehende Orgasmus trübte für eine kurze Zeit die Sinne von Chris. Erst als er seine Augen wieder öffnete bemerkte er, dass sich jemand im Zimmer befand und seinen Orgasmus beobachtet hatte.

Debbie lächelte ihn an.

„Sir, es ist Zeit. Sie müssen aufstehen. Mr. Matthew erwartet Sie zum Frühstück, Sir."

Chris wusste nicht, wie lange Debbie ihn schon beobachtet hatte.

„Warum hast du meinen Schwanz nicht leer gesaugt?"

„Ich wusste nicht, ob es Ihnen recht wäre, Sir."

Erstaunen machte sich auf Debbies Gesicht breit.

„Du darfst es immer, Debbie. Solltest du mich noch einmal so vorfinden, erwarte ich von dir, dass du dir nimmst, was mein Schwanz zu geben hat. Hast du das verstanden, Debbie?"

„Ja, Sir. Gerne, Sir."

Beim anschließenden Frühstück mit Matthew hörte sich Chris geduldig dessen Bericht über das gestrige Treffen mit seiner Verlobten Kathleen an.

„Sie und ihre Eltern werden uns am Wochenende besuchen. Dann stelle ich Euch einander vor."

„Ich freue mich schon darauf, Matthew. Nachdem du mir schon so viel über sie erzählt hast, bin ich wirklich gespannt darauf, sie endlich kennen zu lernen.

„Wir werden dann auch unseren Hochzeitstermin bekannt geben."

„Ihr werdet heiraten?"

„Ja, sowie ich das College beendete habe."

„Das sind aber noch zwei Jahre, Matthew. Bist du dir sicher, dass Ihr jetzt schon einen Hochzeitstermin festlegen wollt?

Chris konnte sich nicht vorstellen, so lange damit zu warten, aber er wusste auch nicht, dass Matthew einem hohen Adelsgeschlecht entstammte, genau wie seine Verlobte Kathleen, und dass Hochzeitsvorbereitungen in solchen Kreisen schon einmal ein paar Jahre in Anspruch nehmen konnten.

„Was machen wir heute?"

„Das Wetter ist herrlich, der Sturm hat sich gelegt, und da dachte ich, dass wir segeln könnten. Was hältst du davon, Chris?"

„Segeln? Das ist wunderbar. Ich habe schon so lange nicht mehr gesegelt. Meine Eltern besitzen zwar auch ein Segelboot, aber in den letzten Jahren hatten sie viel zu viel zu tun, um mit uns segeln zu gehen."

„Gut, Chris. Wir sehen uns dann in ungefähr einer Stunde in der großen Halle."

Gut gelaunt fuhren sie zum Hafen. Matthew fuhr selbst. Er hatte sich im Fuhrpark des Schlosses einen kleinen Sportwagen geholt, und die beiden Freunde genossen die Fahrt ohne Verdeck.
„Dass Ihr aber auch auf der falschen Straßenseite fahren müsst,"
ulkte Chris.
„Von wegen, Ihr fahrt auf der falschen Seite der Straße."
Beide mussten lachen und erreichten den Hafen in knapp dreißig Minuten. Chris konnte es kaum glauben, als er das Segelboot sah, dass Matthew gehörte. Das Boot seiner Eltern war auch nicht gerade klein, aber das hier war riesig dagegen. Sie waren nicht allein an Bord, etliche Bedienstete halfen, den mitgebrachten Proviant an Bord zu verstauen.
„Wie lange bleiben wir?"
„Solange wir wollen, Chris. Der Proviant ist für Notfälle. Ich gehe lieber auf Nummer sicher."

Es war ein wunderschöner Tag, das Meer war ruhig, und die leichte Brise trieb das Boot hinaus aufs Meer. Ab und zu sprangen sie ins Wasser, um sich zu erfrischen. Die beiden jungen Männer genossen den Tag, und erst am Abend kehrten sie zum Schloss zurück, wo Harvey sie begrüßte.
„Mylady und Mylord warten schon auf Sie, Sir."
„Ja, Harvey. Wir werden in halben Stunde soweit sein."
Fragend sah Matthew auf Chris, der zustimmend nickte. Nach einer Dusche beeilten sie sich, das Dinner mit Mylady und Mylord einzunehmen.

Immer wenn Chris auf Mylord sah, musste er an die Geschehnisse der vorherigen Nacht denken und daran, was Mylord und seine Gespielen getrieben hatten.

‚Ob Mylady davon weiß?'

dachte er sich insgeheim.

‚Ob Matthew davon weiß?'

Chris wollte nicht darüber nachdenken und aß mit gesundem Appetit, was Mylady mit Verwunderung bemerkte. Sie war es nicht gewohnt, dass jemand solche Mengen an Speisen zu sich zu nahm. Matthew aß nur etwa die Hälfte von dem, was Chris in sich hinein stopfen konnte.

Nach dem Dinner verteilten sich alle auf ihre Zimmer. Matthew wollte mit seiner Mutter an der Gästeliste für seine bevorstehende Hochzeit arbeiten, und so war Chris sich selbst überlassen. Da er noch nicht müde war, beschloss er, erneut hoch zum Turmzimmer zu gehen. Die Neugierde trieb ihn dort hin.

Das Fernglas lag noch genau an der Stelle, an der er es zwei Nächte zuvor hingelegt hatte.

‚Ob niemand in der letzten Zeit hier war?'

dachte er sich.

Aufmerksam sah er auf die schräg gegenüberliegenden Fenster, aber keines davon war erhellt. Tief unter sich brachen sich die Wellen an den steilen Felsen, und die weiße Gicht auf ihnen zerbarst. Es war ein schauriger Anblick, denn wer hier hinunterfiel, war verloren. Doch Chris wollte nicht an solche Dinge denken.

Er setzte sich auf eine Bank in einer der Nischen zwischen den Fenstern und wartete ab. Immer wieder fragte er sich, wer wohl das Fernglas auf die Fensterbank gelegt hatte und wer es wohl benutzte?

Dann bemerkte er in seinen Augenwinkeln, dass in einem der Zimmer das Licht eingeschaltet wurde. Sofort nahm er das Fernglas und sah hindurch. Es schien das Zimmer von Debbie zu sein. Jedenfalls hatte sie es betreten und war gerade dabei, ihr Häubchen, das alle Dienstmädchen im Schloss auf dem Kopf trugen, herunter zu nehmen. Wundervolles langes, rötliches Haar fiel auf ihre Schultern. Leicht gewellt und seidig schimmernd. Noch nie hatte Chris solche Haare gesehen.

Langsam öffnete Debbie alle Knöpfe ihres Kleides und zog es sich dann über den Kopf. Nackt wie sie war, legte sie sich rücklings auf ihr Bett und streichelte ihre Brüste, dabei spreizte sie ihre Beine ein wenig.

Chris musste ein paar Mal nach Luft schnappen. Der Anblick der völlig nackten Debbie erregte ihn stark und seinem Schwanz begann es, in seiner Hose zu eng zu werden. Doch Chris ließ ihn nicht hinaus, er mochte das enge Gefühl um ihn herum.

Kaum hatte es sich Debbie auf ihrem Bett gemütlich gemacht, öffnete sich die Tür. Herein kam eine andere junge Frau von herber Schönheit.

Chris kannte sie nicht. Er hatte sie noch nie zuvor gesehen, und sie trug auch keine Dienstmädchenkleidung. Debbie schien sich über ihr Kommen zu freuen, und beide Frauen begrüßten sich überschwänglich.

Die junge Frau, die soeben das Zimmer betreten hatte, drückte Debbie wieder auf das Bett und begann, sie zu streicheln. Zärtlich glitten ihre Finger über Debbies Brüste und massierten sie. Dann beugte sie sich darüber und nahm die beiden Brustwarzen, die mittlerweile hart aufgerichtet waren, in ihren Mund und saugte an ihnen, dabei ihre Augen auf Debbies Augen gerichtet.

Jäh ließ sie die Nippel los und beugte sich nun über Debbies Lippen, küsste sie hart und drängte ihre Zunge tief in Debbies Mund.

Chris erkannte an Debbies Wangen, dass sie heftig an der Zunge der anderen Frau sog, und sein Schwanz ejakulierte fast in seine Hose. Schwer atmend öffnete er den Reißverschluss und ließ seine Eichel hinaus.

‚Würde Debbie doch jetzt an ihr saugen und nicht an der Zunge dieser jungen Frau,'
dachte er erregt.

Währenddessen hatte die junge Frau, die Chris nicht kannte, ihre Kleider ausgezogen und sich nackt neben Debbie gelegt. Die beiden Frauen streichelten sich gegenseitig und genossen es sichtlich. Noch nie zuvor hatte Chris zwei Frauen beim Liebesakt zugesehen und wusste nicht genau, was jetzt passieren würde. Auch verwunderte es ihn, dass Debbie so zärtlich mit ihr war. Hatte sie doch erst gestern leidenschaftlich an seinem Schwanz gesaugt und sein Sperma geschluckt. War sie vielleicht bisexuell? Die junge Frau richtete sich auf und lächelte zu Debbie hinunter. Dann kniete sie sich über Debbie, so dass sich ihre Scham genau über Debbies Gesicht befand. Weit hatte sie ihre Beine dabei gespreizt und bot sich ihr so absolut dar.

Debbie legte ihre Hände auf den Hintern der jungen Frau und drückte sie tief zu sich hinunter. Dann steckte sie ihre Zunge zwischen ihre Schamlippen und fing an, sie tief dazwischen wild hin und her zu lecken. Die junge Frau bäumte sich kurz auf und versenkte dann ihr Gesicht zwischen die gespreizten Beine von Debbie.

Wild leckten sich beide Frauen gegenseitig, und Debbies Beine ragten neben dem Körper der jungen Frau empor. Nie zuvor hatte Chris solche Ekstase erlebt. Nie zuvor hatte er überhaupt Frauen beim Sex zugesehen. Diese beiden hier wussten genau was sie taten, und schon nach kurzer Zeit erreichten sie gleichzeitig ihren Höhepunkt und schrien ihn mit ihren Mündern in ihre Fotzen. Dabei bäumten sich ihre Körper auf, und erst als der beidseitige Orgasmus abgeklungen war, fielen ihre Körper nebeneinander, immer noch heftig atmend.

Chris hielt es nicht länger aus und erlaubte seinem Schwanz, endlich abzuspritzen. Extra dafür hatte er sich etliche Taschentücher in seine Hosentaschen gesteckt, die er jetzt benutzte.
,Schade um das vergeudete Sperma. Debbie hätte es bestimmt gerne geschluckt,'
dachte er, nachdem seine Erregung etwas abgeklungen war. Aber Debbie war beschäftigt.
Die beiden jungen Frauen unterhielten sich, während Chris noch immer das Fernglas in seiner Hand hielt. Sie schienen sich lange nicht gesehen zu haben, denn immer wieder umarmten, streichelten und küssten sie sich. Nach einer ganzen Weile wurden ihre Bewegungen langsamer, und schließlich schliefen beide Frauen eng aneinander gekuschelt ein. Chris verließ seinen Beobachtungsposten und stieg langsam die steilen Treppen des Turmes hinunter.

Gerade als er um die letzte Krümmung gehen wollte, hörte er das Klopfen an eine Tür und eine männliche Stimme.
„Madam, würdet Ihr mir bitte diese Nacht sexuelle Freude bereiten?"

Es war Mylord, und er war es auch, der an die Tür seiner Frau geklopft hatte.

Chris hielt den Atem an und wartete darauf, was jetzt passieren würde. Doch anscheinend hatte Mylord eine abschlägige Antwort erhalten, oder Mylady war noch mit den Einladungen für die Hochzeit beschäftigt, denn kurze Zeit später schlürfte Mylord unverrichteter Dinge davon.

Er konnte nicht glauben, was er gerade erlebt hatte. Da war Mylord zu seiner Frau gegangen, um sie vor ihrer Schlafzimmertür anzubetteln, ihm sexuelle Freuden zu bereiten? Und sie hatte nein gesagt, und Mylord war unverrichteter Dinge wieder gegangen! Wo war er denn hier gelandet? Und was tat Mylord nun mit seiner unerfüllten Lust?

Chris versuchte sich vorzustellen, wie seine Eltern damit umgingen, aber verwarf diese Gedanken sofort wieder. Doch eines wusste er genau: Seine Eltern hatten ein gemeinschaftliches Schlafzimmer, und sein Vater musste nicht nachts über einen langen Flur zu seiner Liebsten schleichen, um sie anzubetteln, ihm Liebe und Sex zu schenken.

Erst nachdem er sicher war, dass sich niemand mehr auf dem Flur befand, verließ Chris den Turm und ging zu seinem Schlafzimmer, um sich zur Ruhe zu begeben. Die beiden jungen Frauen, die er beim gemeinsamen Lustspiel beobachtet hatte, beschäftigten ihn aber noch eine ganze Weile.

Chris lag auf seinem Bett und konnte nicht einschlafen. Es war schwül warm in seinem Zimmer, obwohl er die Fenster weit geöffnet hatte. Die beiden jungen Frauen, die er heute Abend beim Sex beobachtet hatte und Mylord, der umsonst an die Schlafzimmertür seiner Ehefrau geklopft hatte, beschäftigten ihn. Unruhig stand er auf und ging in seinem Zimmer auf und ab.

Er wusste nicht warum, aber er hatte das Gefühl, noch einmal auf diesen Turm steigen zu müssen. Vielleicht passierte in dieser Nacht noch mehr?

Nachdem er sich wieder seine Hose und sein Hemd angezogen hatte, bestieg er erneut den Turm. Ohne Licht anzumachen ging er auf das Fenster zu, wo das Fernglas lag.

Auf der gegenüberliegenden Seite des Schlosses war nur ein Fenster erleuchtet. Dieses Mal war es das Zimmer von Molly. Sie war nicht allein, denn Carl lag über ihr und war sie am ficken. Chris war zu spät gekommen, denn gerade in dem Augenblick, in dem er sein Fernglas auf sie richtete, spritzte Carl in Molly ab. Schwer atmend rollte sich anschließend der massige Körper Carls von Molly herunter. Flink drehte sich Molly von ihm weg, beugte sich über ihn und leckte seinen immer noch dicken Schwanz genüsslich ab, bis kein Tropfen mehr an ihm zu sehen war. Sie wollte sich an ihn schmiegen, aber Carl stieß sie weg.

Chris bedauerte es, dass Carl immer so heftig und hart mit Molly umging. Das hatte sie bestimmt nicht verdient.

Hatte Chris geglaubt, er hätte schon alles gesehen, so wurde er sofort eines Besseren belehrt.

Kaum dass sich Carl etwas ausgeruht hatte und wieder zu Atem gekommen war, schubste er Molly aufs Bett, wo sie auf dem Rücken zu liegen kam. Dann nahm er ihre Hände, und genau wie ein paar Tage zuvor, fesselte er diese an die Bettpfosten. Anschließend hob er ihre Beine hoch, spreizte sie und band auch sie einzeln nach hinten an das Bett fest. Dann band er ein Tuch um ihre Augen, damit sie nichts mehr sehen konnte.

Die Tür des Zimmers öffnete sich und herein kam noch ein Mann. Chris glaubte seinen Augen nicht zu trauen, als er sah, wer dieser Mann war. Es war Mylord.

Carl beugte sich sofort nach unten, um seinen Herrn zu begrüßen. Dieser ging an ihm vorbei und stellte sich so vor das Bett, dass er direkt zwischen die weit gespreizten Beine von Molly sehen konnte.

‚Was wollte Mylord hier. Spielte auch er mit der jungen Frau? Hatte Carl wegen Mylord Mollys Augen verbunden?'

Chris wurde unruhig.

‚Was sollte er noch alles heute Nacht erleben?'

Fasziniert beobachtete er, wie Mylord immer wieder zärtlich die Innenseiten der vor ihm gespreizten Schenkel streichelte. Mollys Lippen bewegten sich, aber Chris konnte selbstverständlich nicht verstehen, was sie sagte. Doch er sah, dass Carl und Mylord sich Zeichen gaben, nicht zu sprechen.

‚Wusste Molly nicht, dass Mylord jetzt mit ihr spielte? Dachte sie, dass Carl nun zärtlicher mit ihr umging?'

Die Gedanken von Chris schlugen Purzelbäume, und er sah weiter zu, wie Mylord sich nun nach vorne beugte und zärtlich, im Gegensatz von Carl zuvor, ihre dicken Schamlippen auseinander zog. Molly schien diese Berührung zu gefallen und lächelte vor sich hin. Mylord kraulte ihr krauses, rötliches Haar, das sich um ihre Schamlippen rankte und liebkoste ihren Kitzler mit seinen Fingerspitzen. Chris schien es, als ob Molly einen kurzen Schrei der Lust hinaus gestoßen hatte.

‚Schade, dass das Fenster geschlossen ist,'
dachte er wehmütig.

Mylord massierte weiter ihren Kitzler, immer
kräftiger und härter und plötzlich, Chris konnte es
nur ganz kurz durch sein Fernglas sehen, spritzten
Tröpfchen aus ihm heraus, die Mylord sofort gierig
mit seinen Lippen aufsog. Anschließend küsste er
sie ausgiebig auf diese Stelle und setzte sich auf
der anderen Seite des Bettes auf einen Stuhl.
Lange beobachtete er Molly, ergötzte sich an ihrem
nackten Anblick, um dann selbst seine Hose zu
öffnen und seinen erigierten Schwanz heraus zu
nehmen. Fast zärtlich rieb er ihn und schob die
Vorhaut vor und zurück.
Chris sah, wie Carl sich seine Lippen leckte. Wollte
er etwa den Schwanz seines Herrn lutschen, ihn
leer saugen? Doch Mylord hatte anderes vor.
Er deutete Carl an, dass dieser sich zwischen die
weit gespreizten Beine von Molly bücken sollte.
Carl gehorchte sofort und begann, seine Zunge
zwischen ihre äußeren Schamlippen zu zwängen.
Seinen Hintern streckte er dabei in die Luft, und
seine Beine waren etwas gespreizt.

Langsam stand Mylord auf, ließ seine Hose
herunterfallen und trat hinter Carl. Etwas schien
ihm nicht zu gefallen, und er flüsterte Carl ins Ohr.
Sofort glitt Carl neben Molly, kniete sich über sie
und setzte sich mit seinem Hintern bis fast auf ihr
Gesicht. Dann griff er nach hinten, riss seine
Arschbacken weit auseinander und ließ die enge
Öffnung seines Arschs direkt auf ihren Mund
nieder. Eifrig begann Molly daran zu lecken, aber
es war nicht genug. Carl kam noch ein wenig tiefer,
und Molly war so gezwungen, ihren Mund etwas zu

öffnen. Gierig fing sie an, an seinem Arschloch zu saugen.

Mylord, der daneben stand, gab Carl ein Zeichen, dass es nun genug wäre.

Schnell stand Carl auf, und als er neben dem Bett stand, schob Mylord seinen dicken, steifen Schwanz tief in die feuchte Fotze, die ihm Molly freimütig zeigte. Ein paar Mal fickte er sie und zog ihn dann langsam wieder aus ihr heraus. Molly zappelte unruhig hin und her, sie wollte nicht, dass er ihre feuchte Höhle wieder verließ.

Sofort begab sich Carl zwischen die gespreizten Beine von Molly und beugte sich wieder tief hinunter zu ihrer Scham. Weit zog er die dick geschwollenen äußeren Lippen auseinander und leckte sie hart. Molly schien aufzustöhnen, was Mylord dazu brachte, sich wieder hinter Carl zu stellen.

Sein Schwanz war mittlerweile dick angeschwollen und seine Eichel prall und rund. Langsam verteilte Mylord die ersten Liebestropfen, die aus der kleinen Spalte seiner Eichel hervorquollen, um seine Eichel herum. Carl griff nach hinten und zog erneut seine Arschbacken weit auseinander. Dieses Mal schien es Mylord zu gefallen, und er setzte seine Eichel an den Eingang der dunklen Höhle von Carls Hintern. Langsam, ganz langsam drückte er den Kopf seines Schwanzes in sie hinein, sodass Carl kurz seinen Kopf hochriss, und wie es Chris schien, laut aufstöhnte. Auch seine Augen wurden größer und quollen etwas hervor.

Mylord hatte seinen Kopf in den Nacken gelegt und stieß seinen Schwanz immer tiefer in das dunkle Verlies, das ihm Carl darbot. Dann fing er an zuzustoßen. Heftig und hart fickte Mylord den

Arsch von Carl, und immer tiefer und tiefer trieb er so seinen Schwanz in ihn hinein. Und immer wieder musste Carl aufhören, Mollys Fotze zu lecken, um seinen Kopf mit lautem Aufstöhnen hin und her zu werfen.

Doch Mylord, der seine Hände auf den Rücken seines Untergebenen gelegt hatte, drückte ihn immer wieder hinunter zu Mollys Scham, um auch sie an dem Geschehen teilhaben zu lassen.

Plötzlich bemerkte Chris, wie die Beine Mylords enger an den Hintern von Carl herantraten, seinen Schwanz so noch tiefer in dessen dunkles, enges Loch hinein drückte und seine eigenen Arschbacken fest zusammen presste. Noch ein paar wirklich harte und tiefe Stöße, und Mylord schnaubte auf. Warf seinen Kopf nach hinten und wie es Chris schien, ejakulierte in diesem Moment tief im Arsch von Carl. Wieder und wieder stieß Mylord zu, bis er sich ganz entleert hatte.

Mit jedem Stoß Mylords hatte er das Gesicht von Carl fester in die Scham von Molly gedrückt, die im selben Moment, als Mylord abspritzte, einen Orgasmus erlebte und ihn laut hinausschrie. So bekam sie selbst nicht mit, was um sie herum geschah.

Nach einer Weile zog Mylord seinen Schwanz langsam aus Carl heraus und begab sich ins angrenzende Badezimmer. Carl legte sich erschöpft neben Molly, seine Beine leicht gespreizt. Chris, der genau zwischen Mollys Beine sah, konnte erkennen, dass ihre Scham vor Feuchtigkeit triefte.

Nun war sein eigener Schwanz selbst wieder hart geworden und seine Hose wieder viel zu eng für ihn. Doch dieses Mal hatte er keine Taschentücher dabei, und er wollte gerade das Fernglas auf die

Fensterbank zurücklegen und sich umdrehen, um in sein Zimmer zurück zu kehren, als er bemerkte, dass Mylord wieder das Zimmer betreten hatte. Also versuchte er noch ein wenig, die Lust seines eigenen Schwanzes zu ignorieren, um zu verfolgen, was weiter im Zimmer von Molly passieren würde. Sein Schwanz zuckte und verlangte nach einem neuerlichen Orgasmus, doch Chris versuchte ihn verzweifelt zu ignorieren.

Mylord setzte sich wieder auf den Stuhl neben dem Bett und gab Carl Zeichen, die Chris nicht verstand. Umso besser jedoch verstand Carl, was Mylord meinte.

Er fing an, Molly zu streicheln, ihr Gesicht, ihren Hals und ihre Ohren. So zärtlich, wie Chris ihn bisher nie beobachtet hatte. Sanft rieb er über ihre festen Brüste, beugte sich hinunter und sog an ihren Brustwarzen, bis sie abstanden und Molly sich erneut vor Lust wand. Dann glitt seine Zunge hinunter bis zu ihrer Scham, wo er abrupt anhielt. Molly bäumte sich auf und zeigt ihm so, dass sie mehr wollte, dass er nicht aufhören sollte.

In dem Moment stand Mylord wieder auf und begab sich erneut zwischen ihre Beine. Zwei der Finger seiner linken Hand fuhren zwischen ihren Schamlippen auf und ab, den Daumen seiner rechten Hand drückte er unvermittelt tief in ihren Hintern. Molly schien kurz aufzuschreien, beruhigte sich aber sofort wieder, als Carl ihre Klitoris zwischen seinen Daumen und seinen Zeigefinger nahm und sie langsam massierte. Mylord fickte sie nun heftiger in ihren Arsch und seine Finger zwischen ihren Schamlippen stießen fast mit den Fingern Carls zusammen, die ihren Kitzler bearbeiteten.

Langsam zog Mylord seinen Daumen aus ihrer dunklen Arschfotze und schob stattdessen seine mittleren drei Finger auf einmal in sie hinein. Dieses Mal schrie Molly auf und versuchte den Fingern in ihr zu entkommen. Aber sie war zu fest angebunden und erreichte genau das Gegenteil. Drei Finger von Mylord steckten nun tief in ihrem Hintern und fickten sie hart. Carl flüsterte ihr etwas zu, sie entspannte sich und schien es auf einmal zu genießen. Als sie ganz entspannt war, nahm Mylord seine anderen Finger zwischen ihren Schamlippen heraus und stieß sie in ihre feuchte Fotze. Carl hatte ihren Kitzler losgelassen und beobachte, wie Mylord nun heftig die Finger seiner Hände in Molly bewegte. Dann, plötzlich und unerwartet von ihr, zog Mylord seine Finger aus ihrer Fotze und drückte stattdessen seine ganze Hand langsam tief in sie hinein. Molly schrie auf, doch Carl hielt ihren Mund zu, während Mylord sie bearbeitete. Es schien Molly nicht aufzufallen, dass da eine Hand zu viel im Spiel war. Erst als sich ihr Körper beruhigte und sie anfing, die Hand in ihrer Vagina zu genießen, nahm Carl seine Hand von ihrem Mund und fing wieder an, ihren Kitzler zu massieren. Er und Mylord schienen es nicht das erste Mal zu machen, denn sie waren gut aufeinander eingespielt.

Während Mylord drei seiner Finger in Mollys Arsch bewegte und seine ganze Hand in ihrer Fotze hin und herschob, und Carl gleichzeitig ihren Kitzler massierte, kniete Carl sich nun umständlich über ihr Gesicht und hielt ihr seinen Schwanz direkt vor ihren Mund. Gierig nahm Molly ihn auf und saugte heftig an seiner inzwischen wieder dick angeschwollenen Eichel. Rhythmisch hob und senkte Carl seinen Hintern und fickte sie so in ihren Mund.

Chris bemerkte erst jetzt, dass es ihm ganz heiß geworden war und dass sein eigener Atem stoßweise aus ihm heraus kam. Noch nie zuvor hatte er beobachtet, wie zwei Männer drei Öffnungen einer Frau gleichzeitig fickten. Sein eigener Schwanz hielt es kaum noch aus und wollte Erlösung, wollte einen Orgasmus, wollte abspritzen. Noch konnte Chris ihn daran hindern, denn er wollte unbedingt zusehen, was weiter im Zimmer gegenüber geschah.

Es dauerte nicht mehr lange, und Molly kam. Warf ihren Kopf hin und her und wollte ihren Orgasmus hinausschreien. Aber das konnte sie nicht, denn Carls Schwanz steckte tief in ihren Mund. Hart fickte er sie nun, stieß seinen Schwanz immer tiefer in ihren weit aufgerissenen Mund, und dann kam auch er. Carl warf seinen Kopf in den Nacken und schien seinen Orgasmus laut herauszuschreien während Molly keuchend und mit weit aufgerissenen Augen sein Sperma schluckte und es tief in sich aufnahm.

Während Molly noch damit beschäftigt war, ihren eigenen Orgasmus zu erleben und gleichzeitig den Erguss von Carl zu trinken, hatte Mylord seine Finger und seine Hand aus ihr herausgezogen. Für einen Moment genoss er ihre Nacktheit, streichelte sie noch einmal zart über ihre feuchte Fotze und verließ dann langsam den Raum.

Auch Carls Schwanz war nun leer, und er zog ihn aus ihrem Mund. Auch er sah sie sich noch einmal lange an, um sie dann von ihren Fesseln zu befreien.

Molly und Carl lagen nebeneinander und rührten sich nicht. Erst nach einer ganzen Weile stand Carl auf und zog sich an. Doch Molly wollte ihn noch nicht gehen lassen. Chris konnte nicht glauben, dass sie immer noch nicht genug hatte und noch mehr wollte. Carl versuchte zwar zu gehen, doch Molly ließ ihn nicht weg. Schon als er an der Tür war, stand sie wieder auf und lief auf ihn zu. Umfasste seinen Kopf mit ihren Händen und zog ihn vor ihren Mund und küsste ihn so heftig, dass Carl nachgab. Er hob sie hoch und trug sie auf seinen Armen zu ihrem Bett. Doch Molly schüttelte den Kopf, und Chris konnte beobachten, wie sie seine Hose aufknöpfte und sie ihm auszog. Carls Schwanz stand schon wieder hochaufgerichtet vor seinem Körper, und Molly lächelte. Sie ging vor ihm in die Hocke und steckte ihre Zunge in die kleine Spalte am oberen Ende seiner Eichel und züngelte heftig darin hin und her.

Carl schien zu stöhnen und es zu genießen. Chris konnte nur erahnen, wie gut er sich gerade fühlte. Nachdem Carl ihr eine kleine Weile dabei zugesehen hatte, hob er sie hoch, griff mit beiden Händen um ihre Arschbacken, zog diese weit auseinander und setzte sie mit ihrer Fotze auf seinen dicken, wulstigen Schwanz. Langsam glitt er tief in sie hinein. Als sie sicher auf seinem Schwanz saß, trug er Molly so bis zu einer Wand und drückte sie dagegen.

Dann fickte er sie hart und tief und bei jedem Stoß riss er ihre Arschbacken auseinander und drückte sie fester gegen die Wand. In Mollys Augen konnte er ihre unbändige Wollust erkennen. Sie genoss jeden Stoß und feuerte ihn mit ihren Schreien weiter an. Ihre Arme umschlangen seinen Hals, und ihr Kopf lag an seiner Brust. Chris konnte erkennen, dass Carl seinen Schwanz bei jedem Stoß fast ganz aus ihr herauszog, um dann wieder tief in sie hinein zu dringen. Molly genoss es und als sie kam, hielt ihr Carl mit einer Hand den Mund zu, damit nicht das ganze Schloss an ihrem Orgasmus teilnehmen konnte.

Aber Carl hatte offensichtlich noch nicht genug. Sein Schwanz steckte weiterhin tief in Mollys feuchter Fotze. So trug er sie zum Bett und legte sie hin. Dann fickte er sie, hart und unbarmherzig stieß er in sie hinein. Aber Molly wehrte sich, deutete ihm an, dass sie ihn mit dem Mund verwöhnen wollte. Doch erst kurz bevor er abspritzte, zog Carl seinen Schwanz aus ihr heraus und steckte ihn in ihren Mund. Genüsslich lutschte Molly an seiner Eichel, leckte dann seinen ganzen Schwanz ab, saugte an seinen strammen Eiern und massierte sie. Dann erst nahm sie seine Eichel wieder in ihren Mund und saugte sich daran fest. Ihre Wangen blähten sich auf als Carl kam. Er spritzte seinen kostbaren Samen tief in ihren Mund und erlaubte ihr, alles in sich aufzunehmen und herunter zu schlucken. Es dauerte lange, bis Molly seinen Schwanz wieder frei gab und sich auf dem Bett zusammen rollte. Es schien so, als ob sie endlich genug hätte. Nach einer Weile stand Carl auf und zog sich erneut an. Beugte sich noch einmal zu Molly hinunter und gab ihr einen feuchten Kuss auf die Wange, um dann das Zimmer zu verlassen. Molly erhob dieses Mal keine Einwände, sie blieb völlig entspannt und immer noch nackt auf ihrem Bett liegen.

Nun hielt es Chris nicht länger auf dem Turm. Schnell legte er das Fernglas wieder auf die Fensterbank zurück und lief so schnell er konnte die vielen Stufen des Turmes hinunter. In seinem Zimmer angekommen, erlöste er seinen Schwanz aus seinem engen Behältnis und fickte sich selbst mit seinen Fingern, bis der Orgasmus seinen Samen hinausschleuderte und in ihm ein wundervolles, befreiendes und erlösendes Gefühl hinterließ.

Endlich konnte Chris einschlafen, und noch in seinen Träumen verfolgte ihn das soeben Erlebte.

Kapitel 7

Als Chris am nächsten Morgen erwachte, benötige er eine Weile um zu begreifen, wo er sich befand. Die Ereignisse der vergangenen Nacht hatten ihn auch noch in seinen Träumen verfolgt. Müde lag er im Bett und hätte sich am liebsten umgedreht, um noch ein wenig zu schlafen. Aber Harvey klopfte beharrlich an seine Tür.

„Mr. Chris, Sie müssen aufstehen. Mr. Matthew wartet schon auf Sie."

„Ist gut, Harvey. Sagen Sie Mr. Matthew, dass ich in einer Viertelstunde da bin."

Schnell sprang er aus dem Bett, duschte und beeilte sich, dem Freund beim Frühstück Gesellschaft zu leisten.

„Na du Langschläfer, hast du gut geschlafen?"

„Ja, danke, Matthew, aber trotzdem bin ich heute Morgen sehr müde."

„Das legt sich, wenn du gleich eine Runde mit mir durch den Park gelaufen bist."

Es war Chris zwar nicht nach Joggen zumute, aber er ließ es sich nicht anmerken. Nach dem reichhaltigen Frühstück begleitete er Matthew nach draußen. Es war eher ein gemütlicher Spaziergang als eine Joggingrunde, denn beide hatte einfach zu viel gegessen.

Chris bemerkte, dass Matthew sehr nervös war.

„Was ist los mit dir?"

„Morgen Nachmittag wird Kathleen mit ihren Eltern hier eintreffen, und sie werden das ganze Wochenende bleiben. Ich freue mich darauf, endlich etwas mehr Zeit mit ihr zu verbringen. Außerdem werden wir am Samstag Gäste haben, da meine Mutter einen großen Ball geben wird. Übrigens, meine Schwester Margaret ist gestern Abend angekommen. Harvey hat es mir heute Morgen mitgeteilt, gesehen habe ich sie aber noch nicht. Sehr wahrscheinlich wird sie einige Tage hier bleiben. Ich glaube, Sie wird dir gefallen, Chris, denn sie ist nicht so ein ruhiger Typ, wie ich es bin."

„Ich wusste gar nicht, dass du eine Schwester hast. Du hast mir nie von ihr erzählt."

Vorwurfsvoll sah Chris seinen Freund an.

„Tut mir leid, aber wir hatten nie das Thema."

Das stimmte. Eigentlich sprachen er und Matthew nicht oft über ihr zuhause und ihre Eltern und Geschwister. Viel mehr sprachen sie über das gemeinsame Studium. Aber jetzt waren Semesterferien und das Studium in weiter Ferne.

„Hast du noch mehr Schwestern oder Brüder, Matthew?"

„Nein, nur diese eine Schwester."

„Genau wie ich,"

erwiderte Chris.

„Auch ich habe nur eine Schwester."

Sie waren wieder am Schloss angekommen, als eine junge Frau die Treppen, die zum Eingang des Schlosses führten, stürmisch hinunter lief und auf sie zukam.

„Matthew, mein lieber Bruder, ach wie ist es schön, dich endlich einmal wieder zu sehen."

Matthew nahm sie in seine Arme, schwenkte sie herum und begrüßte sie herzlich. Chris stand wie erstarrt neben ihnen und musste sich beherrschen. Diese Frau kannte er, er hatte sie schon einmal gesehen. Es war die Frau gewesen, die sich gestern Nacht mit Debbie vergnügt hatte.

„Das ist mein Freund Chris. Er verbringt die Ferien bei uns."

Margaret sah ihn mit großen, freundlichen Augen an und reichte ihm die Hand.

„Willkommen auf Fallgrove Castle, Chris. Ich hoffe, es gefällt Ihnen hier?"

„Danke, Miss Margaret. Es gefällt mir ausnehmend gut."

„Bitte nicht Miss, bitte einfach nur Margaret, okay?"

Margaret sah ihn genau an und bemerkte mit einem Lächeln, dass Chris unter ihren Blicken errötete. Sie wusste nicht, dass der gestrige Abend der Grund seines Errötens war. Margaret dachte, sie wäre der Grund.

Eifrig plaudernd begaben sie sich gemeinsam in das Schloss und tranken zusammen frisch gepressten Orangensaft, den Harvey dienstbeflissen im Salon serviert hatte. Da sich die Geschwister viel zu erzählen hatten, verabschiedete sich Chris nach kurzer Zeit von ihnen und ging zurück in sein Zimmer.

„Er sieht phantastisch aus,"
bemerkte in diesem Moment Margaret und lächelte ihren Bruder an.

„Gefällt er dir?"

„Ja, er würde mir schon gefallen, aber leider..."

Margaret sprach nicht aus, was sie dachte, doch sie und ihr Bruder wussten, dass ihre Eltern schon einen Ehepartner für sie ausgesucht hatten, der ihr zwar gefiel, doch noch lieber hätte sie sich selbst den Mann fürs Leben ausgesucht. Klar und deutlich hatte sie es auch bei einem Gespräch mit ihren Eltern zum Ausdruck gebracht und den Wunsch geäußert, sich ihren späteren Lebenspartner selbst aussuchen zu können. Das war aber absolut nicht üblich in ihren Kreisen.

Doch ob sie sich auf Dauer den Wünschen ihrer Eltern widersetzen würde, wusste Margaret noch nicht. Außerdem stand sie nicht nur auf Männer, sondern ihr gefielen auch junge Frauen ausnehmend gut.

Margaret studierte in London und kam selbst nur zu den Semesterferien nach Hause. Was sie in London trieb, wussten ihre Eltern nicht, glaubten aber ihre Tochter wohlbehütet auf dem Elite Internat, auf das sie sie geschickt hatten.

„Wann kommt Kathleen?"

„Morgen, am frühen Nachmittag."

„Freust du dich auf sie?"

Ein nachdenklicher Blick von Margaret richtete sich auf ihren Bruder. Auch seine Braut hatten die Eltern ausgesucht, und sie machte sich Sorgen, dass ihr Bruder nur der Eltern wegen eingewilligt hatte. Aber sein Blick beruhigte sie, zeigte ihr, dass er sich wirklich freute.

„Ich gehe noch eine Runde schwimmen vor dem Essen. Kommst du mit?"

„Nein, Margaret, heute nicht. Aber bitte pass auf, es ist windig in der Bucht."

„Ach, mein lieber, großer Bruder. Hast du Angst, dass ich untergehe oder dass ich das Schwimmen mittlerweile verlernt habe?"

Beide lachten auf. Schon als Kinder waren sie die steilen Treppen zu der kleinen Bucht hinunter geklettert und waren in der rauen See zum baden gegangen, obwohl die Eltern es verboten hatten.

Margaret lief flink in ihr Zimmer, zog sich ihre Badesachen an und rannte nur mit einem Badetuch um ihre Hüften geschwungen aus dem Schloss.

Kurz zuvor hatte auch Chris sich überlegt, noch ein wenig schwimmen zu gehen. So kam es, dass sich die beiden jungen Menschen an der Treppe trafen, die zu dem kleinen Sandstrand hinunter führte.

Es trat eine kleine Befangenheit zwischen ihnen ein, als sie sich in Badekleidung gegenüber standen. Doch die verschwand schnell.
„Wer zuerst unten ist, darf sich etwas wünschen,"
rief Margaret lachend und stürmte die engen Treppen hinunter. Chris folgte ihr so schnell er konnte, doch er ließ sie gewinnen.
„Sie dürfen sich etwas wünschen, Margaret."
Eben noch laut lachend, sah sie ihn auf einmal richtig scheu an.
„Ja, so war es ausgemacht."
„Und? Was wünschen Sie sich von mir?"
Margaret überlegte einen Moment.
„Vielleicht später, jetzt nicht,"
rief sie und lief ins Wasser. Chris sprang ihr hinterher, und beide schwammen um die Wette. Er musste neidlos anerkennen, dass Margaret eine begnadete Schwimmerin war und er ihr kaum hinterher kam.
„Wer hat Sie so gut schwimmen gelehrt?"
„Wer wohl? Mein großer Bruder, Matthew natürlich. Wir waren oft als Kinder hier unten und haben gemeinsam geschwommen. Natürlich duften unsere Eltern nichts davon wissen, denn sie hatten Angst, meinten, es wäre zu gefährlich. Ich habe ihn eben gefragt, ob er Lust hätte mit mir schwimmen zu gehen, aber er wartet lieber auf Kathleen, dabei kommt sie doch erst morgen."

Wieder am Strand trockneten sich beide ab und setzten sich auf ihre Badetücher.
‚Sie ist wunderschön,'
dachte Chris.

Ihre langen, eher etwas rötlichen Haare, die jetzt nass auf ihre Schultern fielen und die vielen Sommersprossen, die ihre Haut zierten. Ein Gefühl keimte in ihm auf, das er bisher noch nicht gekannt hatte und daher auch nicht einzuordnen wusste.

‚Er sieht verdammt gut aus,'

dachte im selben Moment Margaret.

Seine dunklen Augen, sein leicht gebräunter sehniger Körper irritierten sie. Sie fühlte sich ungemein von ihm angezogen.

Nachdenklich legte sie sich auf ihren Rücken, und Chris konnte ihren wohlgeformten Körper betrachten. Brüste, die sich ein wenig aus dem Badeanzug hervor stahlen und lange, schlanke Beine, die leicht gespreizt neben ihm im Sand lagen. Wie gerne hätte er diesen Körper gestreichelt, ihre Brüste massiert und sie geküsst. Ihm wurde es heiß, und sein Schwanz stand. In seiner Badehose zeichnete sich genau ab, was eigentlich hinter dem Stoff verborgen sein sollte. Schnell legt er sich auf den Bauch und versteckte ihn so.

‚Was wird sie nur von mir denken, wenn sie mich so sieht?'

dachte er erschrocken.

‚Ob er mich wohl betrachtet'?'

dachte im gleichen Moment Margaret neben ihm.

Ihr Kitzler hatte ihr sofort signalisiert, dass er ihr gefiel. Außerdem hatte sie einen kurzen Blick auf seine Badehose gewagt, und was sie dort abgebildet gesehen hatte, gefiel ihr ausnehmend gut. Wie gerne hätte sie seine Hose hinunter gezogen und seinen Schwanz in Augenschein genommen, aber noch hielt ihre gute Erziehung sie davon ab. Ihr Atem ging etwas schneller, und ihre Brüste hoben und senkten sich, aber Chris bemerkte ihre Erregung nicht, da er zu sehr damit beschäftigt war, seine eigene Erregung unter Kontrolle zu halten.

Er durfte sich die vergangene Nacht nicht wieder in Erinnerung bringen, als er beobachtet hatte, wie zärtlich und doch begierig sie sich mit Debbie vergnügt hatte. ‚Ob sie überhaupt Interesse an einem Mann hat?'

Jäh richtete er sich auf. So eine schöne Frau und nicht erreichbar? Er konnte und wollte es sich nicht vorstellen.

„Was ist los, Chris?"

Auch Margaret hatte sich etwas aufgerichtet und sah ihn fragend an. Als ihre Blicke sich trafen wusste sie sofort, dass er Interesse an ihr hatte, und es freute sie. Gerne würde sie einmal ausprobieren, wie es wäre, mit ihm Sex zu haben. Auch Chris erkannte an ihren Blicken, dass sie erregt war, und er wusste in diesem Moment, dass es nicht mehr lange dauern würde, bis sie beide es miteinander treiben würden. Nur nicht jetzt und nicht hier. Die Gefahr beobachtet zu werden war einfach zu groß, vor allen Dingen, da Matthew wusste, dass sie hier waren. An ihren Brustwarzen konnte Chris sehen, dass Margaret erregt war. Und Margaret konnte an dem Inhalt seiner engen Badehose erkennen, dass sich dort etwas bewegte, etwas größer und steifer wurde. Als sie bemerkte, dass Chris ihren Blicken gefolgt war, errötete sie über und über.

„Was ist los mit Ihnen?"

fragte Chris mit rauer Stimme und rutschte etwas näher an Margaret heran.

„Was meinen Sie?"

antwortete Margaret, und ihre Stimme zitterte leicht.

Wie gerne hätte er jetzt den Arm um ihre Schultern gelegt und sie an sich gedrückt, aber er traute sich nicht. Stattdessen stand er auf, griff unter sich, hob sein Badetuch auf und ging auf die Treppe zu. Kurz davor drehte er sich noch einmal um, sah sie lange an und sagte dann ganz ruhig:

„Ich würde mich freuen, wenn Sie mich in meinem Zimmer besuchen würden, Margaret."

Genauso ruhig antwortete Margaret:

„Warum kommen Sie nicht zu mir, Chris? Meine Zimmer liegen am Ende des westlichen Flügels. Dort sind wir viel ungestörter."

„Wann darf ich kommen?"

„Nach dem Lunch, sagen wir um drei Uhr?"

„Glauben Sie, dass ich bis dahin warten kann, Margaret?"

„Sie werden warten müssen, Chris."

Natürlich, Margaret hatte recht. Er musste bis um drei Uhr warten und konnte es doch kaum erwarten, sie zu sehen, mit ihr zu spielen und sie zu schmecken. Die Zeit verrann in Zeitlupe und schien nicht zu vergehen. Margaret erging es genauso, und sie ärgerte sich, dass sie ihn nicht schon früher zu sich gebeten hatte. Obwohl sie sich erst in der vorher gegangenen Nacht mit Debbie vergnügt hatte, brannte ihr Körper jetzt vor Lust auf Chris. Margaret liebte es, mit Frauen zu spielen und Sex zu haben. Aber noch mehr genoss sie es, an einen Schwanz zu saugen und die Ejakulation in sich aufzunehmen. Auf dem College, in das ihre Eltern sie geschickt hatten, gab es einen jungen Mann, mit dem sie ab und zu geile Sexspiele trieb. Doch er war phantasielos und wollte immer nur das Eine: Seinen Schwanz in sie stecken und in ihr einen Orgasmus erleben. Dass es auch andere Sexpraktiken gab, wusste er nicht, oder wollte er nicht wissen.

So war es gekommen, dass Margaret sich eines Nachts einer anderen Studentin anvertraut hatte, nicht wissend, dass diese lesbisch veranlagt war.

Kurz nachdem sie und die andere Studentin, sie hieß Nancy, sich über nicht zufriedenstellenden Sex mit Männern unterhalten hatten, lud Nancy sie ein, mit ihr ein Wochenende bei einer gemeinsamen Freundin zu verbringen. Es wurde ein richtig heißes Wochenende, bei dem Margaret entdeckte, wie sexuell erregend und ungemein erfüllend Sex mit einer Frau sein konnte.

Nancy und die andere Freundin Sarah zeigten ihr geduldig und äußerst gefühlvoll die verschiedenen Nuancen weiblicher Lust, und Margaret konnte nicht genug davon bekommen. Begierig sog sie alles in sich auf und erkannte, dass sie bisexuell veranlagt war.

Als sie angekommen waren, hatte Nancy ihnen ihre Zimmer zugeteilt. Dabei hatte sie darauf geachtet, dass das Zimmer von Margaret zwischen ihren Zimmern lag. Margaret wusste da noch nicht, dass sie das Geschehen in beiden Zimmer beobachten konnte. Sie musste nur ein Bild von der Wand abhängen und sah wie durch einen Spiegel in den anderen Raum. Genauso war es mit dem Zimmer auf der anderen Seite. Auch dort musste sie nur ein Bild abhängen, und schon war sie mitten im Geschehen.

Durch Zufall hatte Margaret diesen Umstand entdeckt, glaubte sie wenigstens. Eines der Dienstmädchen hatte aus Versehen die Bilder etwas auf die Seite geschoben und so die Neugier von Margaret geweckt.

Als die Freundinnen in ihre Zimmer gingen, um sich zu Bett zu begeben, konnte Margaret nicht gleich einschlafen. Unruhig ging sie in ihrem Zimmer auf und ab und wurde auf einmal auf einen Lichtschein hinter einem der Bilder aufmerksam. Als sie das Bild etwas auf die Seite schob bemerkte sie, dass sie in Nancys Zimmer sehen konnte. Was sie da sah, trieb ihr die Schamesröte ins Gesicht. Auf dem Bett lag Sarah mit weit gespreizten Beinen und dazwischen kniete Nancy, die ihre Zunge zwischen ihre Schamlippen gezwängt hatte und sie dort heftig leckte.

Erschrocken ließ Margaret das Bild los und setzte sich auf ihr Bett. Noch nie zuvor hatte sie zwei Frauen beim Sex beobachtet. Aber was sie gesehen hatte, hatte sie sehr erregt, und ihr Kitzler pochte nun zwischen ihren Beinen und trieb sie dazu, noch weiter in das Zimmer nebenan zu schauen.

Mittlerweile hatten Nancy und Sarah ihre Position geändert. Nancy lag auf dem Rücken, und Sarah kniete über ihr. Mit weit gespreizten Beinen hockte sie direkt über dem Gesicht von Nancy, die ihre Zunge tief in Sarahs Vagina versenkt hatte und sie dort heftig leckte.

Sarah ihrerseits hatte ihren Kopf zwischen den weit gespreizten Beinen von Nancy und leckte sie zwischen ihren wulstig geschwollenen Schamlippen. Ihre dicken Finger hatten sie dabei in den Arsch der jeweils anderen gesteckt und fickten sich dort hart und tief.

Die Körper der beiden jungen Frauen hoben und senkten sich im Takt, und Sarahs Hintern zuckte bei den heftigen Stößen von Nancys Fingern, denn mittlerweile hatte sie drei davon im   Hintern von

Sarah. Tief bohrte sie die Finger hinein, um sie dann wieder fast herauszuziehen und wieder tief in ihn hineinzustoßen. Nancy hob ihren Kopf und bog ihn nach hinten. Ihre Augen zeigten ihre Erregung, und ihr Mund bebte. Dann senkte sie ihn wieder und vergrub ihn erneut zwischen Sarahs Schamlippen.

Fast gleichzeitig nahmen sie die Kitzler der anderen in den Mund und saugten so heftig daran, dass beide gleichzeitig kamen und ihre Lust hinausschrien. Aber kein Ton davon war in Margarets Zimmer zu hören. Die Wände waren zu dick.

Schnell hing Margaret das Bild wieder gerade, zog ihr Nachthemd aus und legte sich nackt auf ihr Bett. Ihr Kitzler war durch den Anblick der beiden Freundinnen beim Sexspiel so gereizt, dass er nach einem Orgasmus zu schreien schien. Langsam spreizte Margaret ihre Beine und streichelte ihre weibliche Scham. Zwei ihrer Finger dehnten ihre äußeren Schamlippen auseinander und streichelten ihre Innenseiten. Mit der anderen Hand massierte sie ihre festen Brüste und zog an ihren Brustwarzen, bis diese steif waren. Dann benötigte es nur ein paar heftiger Reibungen ihrer Finger an ihrem Kitzler, bis auch sie ihren Orgasmus hinausschrie. Dass sie dabei von den beiden anderen jungen Frauen beobachtet wurde, wusste Margaret da noch nicht.

Während Margaret in ihrem Zimmer an die erste Zeit ihrer lesbischen Erfahrungen dachte, stand Chris unter der Dusche, um seiner Erregung Herr zu werden. Es konnte und durfte nicht sein, dass man es bemerkte. Doch beim gemeinsamen Lunch mit den Eltern konnten sie ihre Blicke kaum von sich halten. Selbst ein Blinder hätte gesehen, dass diese beiden jungen Menschen brannten, es kaum noch aushalten konnten, miteinander schmutzige Dinge zu treiben.

Doch Mylord und Mylady sahen solche Sachen nicht, und Matthew war selbst viel zu aufgeregt wegen des bevorstehenden Besuches seiner Verlobten.

Endlich war es soweit. Chris stand vor den Gemächern von Margaret und klopfte vorsichtig an die Zimmertür. Sie wurde von innen geöffnet, und Chris bemerkte, dass es Debbie war, die ihm die Tür aufgemacht hatte. Leicht irritiert sah er von Debbie zu Margaret und wusste nicht, wie er sich verhalten sollte. Doch Margaret machte es ihm leicht.

„Wir beide wollen dich gemeinsam verwöhnen, wenn es dir recht ist."

Dabei kam sie auf ihn zu, streifte ihre Hand in die Öffnung seines Hemdes und streichelte seine nackte Brust. Chris konnte nur noch nicken. Der Gedanke, von zwei Frauen gleichzeitig verwöhnt zu werden, hatte seine Lust sofort ins Unermessliche steigen lassen. Noch nie zuvor hatte er so etwas erlebt. Sein Atem ging schwerer, und sein Schwanz erreichte eine Größe, die die Hose zu zerreißen drohte.

„Leg dich aufs Bett,"
ordnete Margaret an, und Chris tat sofort, was sie verlangte.

Rücklings lag er vor den beiden jungen Frauen und wartete darauf, von ihnen gefickt zu werden. Wie sie es machen würden, war ihm noch nicht klar, aber er konnte es kaum noch erwarten. Es war das erste Mal, dass er mit zwei Frauen gleichzeitig Sex haben würde.

Gemeinsam begannen Margaret und Debbie nun, ihn langsam auszuziehen. Als sie sein Hemd abstreiften, stöhnten beide Frauen auf, denn der Körper von Chris war sehr muskulös, ohne ein Gramm Fett. Dann öffneten sie seine Gürtelschnalle und seinen Reißverschluss und zogen ihm seine Hose herunter. Wieder stöhnten sie auf, denn Chris hatte vorsorglich seinen Schlüpfer gar nicht erst angezogen. Sein ansehnlicher Schwanz stand aufrecht vor seinem nackten Körper, und die ersten Tropfen schimmerten in der kleinen Spalte am Ende der Eichel. Nervös leckte sich Margaret über ihre Lippen. Schnell steckte sie ihren Zeigefinger in die Spalte, holte die ersten Liebestropfen mit ihm heraus und leckte sie genüsslich von ihrem Finger ab.

Dann zog sie Chris hoch, so dass er ganz dicht vor ihr stand.

„Nun bist du an der Reihe, Chris. Zieh mich aus."

Ihre Stimme bebte vor Geilheit. Auffordernd und mit geilen Augen stand Margaret dicht vor ihm. Sie trug ein leichtes Sommerkleid, das er schnell über ihren Kopf zog. Nackt standen die beiden jungen Menschen sich gegenüber und betrachteten ihre Körper, fingen an, sich mit den Fingern zu ertasten und zu erforschen. Chris hatte noch nie eine so helle Haut gesehen wie Margarets Haut es war.

„Dreh dich um,"

stöhnte er. Margaret drehte sich um und presste sich mit ihrem Rücken an seinen Körper. Zärtlich umfasste er von hinten ihre Brüste mit beiden Händen, massierte sie und zog an ihren Brustwarzen. Als Margaret spürte, wie er seinen dicken mittleren Finger nach unten bewegte und ihn tief in ihre Fotze rammte, stieß sie einen leisen Schrei aus.

„Nicht so schnell, Chris, nicht so schnell. Lass uns erst noch Debbie ausziehen."
Etwas unwillig zog Chris seinen mittleren Finger aus ihrer warmen Fotze, und gemeinsam mit Margaret knöpfte er Debbies Kleid auf und zog es ihr über ihren Kopf. Auch Debbie trug keine Unterwäsche und schämte sich nicht ihrer Nacktheit.
„Wen möchtest du zuerst lecken, Debbie oder mich?"
Die Stimme von Margaret bebte vor Geilheit.
Bevor Chris ihr antworten konnte, hatte sich Margaret schon auf das Bett gelegt, ihre Beine weit gespreizt und ihre Hände unter ihre Kniekehlen gelegt. Dann zog sie sie hoch und spreizte sie noch ein Stück. Weit offen bot sie sich seinem Anblick dar, und ihre Augen forderten ihn auf, sich an ihr zu bedienen und sie gleichzeitig zu bedienen.
„Leck mich, egal wo, nur leck mich endlich!"
forderte sie ihn erregt auf.
„Komm Chris, lass mich nicht so lange warten."
Und Chris erfüllte ihr ihren Wunsch. Beugte sich zu ihr hinunter, steckte seine Zunge tief in ihre nasse Fotze und begann, sie dort heftig zu lecken. Seine Arme drückten dabei auf ihre Unterschenkel, damit sie sich ihm noch mehr darbot. Wild züngelte er durch ihre Vagina, und sein Kopf schwenkte dabei hin und her.

„Ja, Chris, gut, oh, du machst das gut. Fester Chris, oh, tiefer, ja, noch tiefer, ah Chris."

Ihre Erregtheit nahm noch zu, und während er seine Zunge aus ihrer nassen Höhle herausnahm, um sie zwischen ihre angeschwollenen Schamlippen zu stoßen, spürte er, dass Debbie mit ihrer Zunge über sein eigenes enges Arschloch leckte. Mit ihren Händen hatte sie seine Arschbacken weit auseinandergezogen und presste ihren Mund dazwischen.

Laut stöhnte er auf und saugte sich an Margarets Klitoris fest. Die schrie kurz auf.

„Ja Chris, das ist gut, das ist richtig, saug fester, ja Chris, noch fester, gib es mir, ja!"

Und Chris saugte und drückte ihre Beine noch etwas mehr nach hinten, um so noch tiefer sein Gesicht in ihre Fotze drücken zu können.

Gerade als er sich etwas aufrichten wollte, um einen seiner Finger in die feuchte Höhle vor sich zu stoßen, spürte er, wie Debbie einen ihrer Finger langsam in seinen Arsch drückte. Tief und heftig fickte sie seinen Hintern damit, und Chris gab sich für einen Moment diesem Gefühl hin, doch Margaret erinnerte ihn sofort daran, dass auch sie weiter von ihm gefickt werden wollte.

„Nicht aufhören, Chris, bitte jetzt nicht aufhören. Fick mich weiter mit deinem Mund und steck noch ein paar Finger in meine Fotze, tiefer, Chris, härter, fester, mach schon, Chris, fick mich durch!"

Chris hatte längst wieder ihren Kitzler in seinem Mund und vier seiner Finger tief in ihrer Vagina und fickte sie so.

„Noch mehr Finger, bitte Chris, deine Hand. Gib mir deine Hand, tief und fest. Chris, mach schon!"

Der Duft von Margarets weiblicher Scham machte Chris verrückt, er konnte nicht mehr klar denken. Ohne Widerspruch zog er seine Finger aus ihrer warmen, feuchten Fotze, legte seinen Daumen in die Mitte seiner Hand und drückte sie so langsam wieder hinein. Margaret stöhnte laut und genussvoll auf, und ihr ganzer Körper zitterte.

„Tiefer, Chris, bitte drück sie tiefer in mich hinein."

Chris tat, was sie von ihm verlangte. Drückte seine ganze Hand durch ihr enges Fotzenloch, sah zu, wie sie ganz darin verschwand und wunderte sich darüber, wie wenig Widerstand sie ihm entgegen bot. Dann fickte er sie tief und heftig, genau so, wie sie es wollte. Lustvoll stöhnte Margaret dabei und wand ihren Körper hin und her. „Vergiss meinen Kitzler nicht, bitte Chris, saug ihn, gib es mir, fester Chris, härter, ich will endlich einen Orgasmus, fick mich Chris, gib es mir!"

Laut hatte sie diese Worte hinaus geschrien, und Chris leckte sie hart, umfasste ihren Kitzler mit seinen Lippen und saugte so kräftig daran, wie er nur konnte.

Währenddessen drückte Debbie noch weitere Finger in seinen Arsch, und Chris hörte einen Moment auf, denn der Dehnungsschmerz raubte ihm für einen kurzen Augenblick den Atem.

Zwar hatte auch Judy schon einige Male einem Finger in sein enges Loch zwischen seinen Arschbacken gesteckt, doch nie so viele, wie momentan in ihm steckten.

Doch als Margaret erneut aufbegehrte und nach mehr schrie, begab er sich sofort wieder mit seinem Mund zwischen ihre Schamlippen und saugte weiter kräftig an ihrem Kitzler und fickte sie weiter mit seiner ganzen Hand.

„Gib mir deine Faust, Chris. Bitte mache eine Faust in mir."

Chris erschrak ein wenig. Noch nie zuvor hatte er es gewagt, seine ganze Hand in eine Vagina zu schieben, und nun forderte Margaret auch noch seine Faust.

„Bitte Chris, bitte. Gib mir endlich deine Faust."

So formte Chris in ihrer warmen Höhle seine Finger zu einer Faust und fickte sie damit. Das war es, was sie wollte, und sie stöhnte wollüstig auf.

Debbie ging derweil zwischen seinen Beinen in die Hocke, nahm seinen Schwanz in ihren Mund und saugte heftig an seiner dick geschwollenen Eichel. Dabei fickten ihn ihre Finger immer tiefer in seinem Hintern. Chris wusste, es würde nicht mehr lange dauern, bis er abspritzen würde. Sein Atem ging heftiger, und sein Saugen an Margarets Klitoris nahm noch mehr an Stärke zu.

Chris glaubte, seine Lust nicht mehr länger aushalten zu können. In seinem Arsch steckten Finger, die ihn von innen massierten, um seinen steifen Schwanz waren Finger, die ihn von außen massierten, und seine Eichel steckte tief im Mund von Debbie, die kräftig daran saugte. Seine Faust befand sich in einer warmen, feuchten Fotze, und seine Lippen saugten heftigst an einem Kitzler, der bereit war, ihm jeden Moment die köstlichste aller Lustsäfte in den Mund zu spritzen. Außerdem war sein ganzes Gesicht eingehüllt von dem Duft einer geilen Frauenscham, der ihn fast um den Verstand brachte. Noch nie hatte Chris eine solche Wollust in seinem Körper verspürt und glaubte jeden Moment zu explodieren.

Als er fühlte, dass er sich nicht länger zurückhalten konnte, begann Margaret sich unter ihm zu winden, sie stöhnte leise vor sich hin und hörte auf einmal auf zu atmen. In dem Moment, in dem sich der Schwanz von Chris in Debbies Mund entleerte und er seinen Orgasmus hinausschrie, schrie auch

Margaret auf. Man konnte sehen, wie die Wogen der Erregung durch ihren Körper liefen und sich der Orgasmus in ihr breit machte und alle Nervenenden erreichte.

Erst als auch Chris seinem Orgasmus erlaubt hatte, seinen gesamten Körper zu durchfluten, bis in die äußersten Nervenspitzen zu strömen und sich in einer gewaltigen Ejakulation in Debbies Mund zu entleeren, konnte er Margarets Saft aus ihr heraussaugen. Wieder schrie sie kurz auf, um sich dann wie ein Embryo wohlig zusammen zu rollen. Chris kniete vor dem Bett und zog langsam seine Hand aus ihrer Vagina. Tief sog er ihren Duft ein und spürte, wie Debbie sich daran machte, seine Finger abzulutschen und den Duft mit ihm zu teilen. Sie ließ ihre Finger in seinem Hintern stecken, und Chris hatte die Runzeln seines engen Arschloches zusammengepresst, um sie noch ein wenig länger zu spüren.

„Lass sie noch ein wenig in mir, Debbie,"
hatte er geflüstert.
„Ich mag dieses Gefühl."

Chris wusste später nicht, wie lange er danach noch so vor dem Bett kniete. Debbie war die Erste, die sich bewegte. Fast zärtlich zog sie ihre Finger aus seinem engen Arschloch und küsste es leicht. Dann stand sie auf und ging ins angrenzende Bad. Chris sah ihr nach und bemerkte nicht zum ersten Mal, dass sie wunderschön geformte Arschbacken hatte, die im Takt ihrer Schritte leicht auf und ab wippten, fast wie Brüste. Am liebsten wäre er aufgesprungen und hätte ihre Arschbacken mit seinen Händen kräftig massiert. Doch er war zu erschöpft.

Vor ihm auf dem Bett lag noch immer Margaret. Ihre Beine lagen übereinander und ihre nun zusammen gepresste Scham lag dicht vor seinem Gesicht.

‚Frauen sind etwas wunderschönes,'
dachte er und streichelte zärtlich über die Schamlippen, die ihre Schwellung langsam verloren und sich wieder in ihre übliche Stellung zurück bildeten. Staunend beobachtete er diesen Vorgang.

„Hat es dir gefallen, Chris?"
Margarets Stimme klang schon fast wieder normal, als sie ihn fragend ansah.

„Es war wunderschön, um es in unserer Sprache zu sagen, es war einfach geil."
Margaret musste lachen,

„Den Ausdruck kennen wir auch. Leider wird er in unseren Kreisen nicht benutzt."

"Warum leider?"

„Weil es sich nicht schickt, mein lieber Chris. Das Problem ist nur, dass es mich total antörnt, wenn man solche Wörter benutzt."

„Ich werde es mir merken, Margaret."

Margaret drehte sich auf die Seite, ohne jedoch ihren Körper von ihm wegzudrehen. Sie genoss es sichtlich, von ihm angestarrt zu werden. Tatsächlich konnte Chris seinen Blick nicht von ihrer Scham lösen. Als ob Margaret es wüsste, öffnete sie ihre Beine und ließ ihn so alles noch besser betrachten. Dabei sah sie ihm in seine Augen, und er wusste, sie hatte noch nicht genug, sie wollte mehr. Ihre Augen glühten vor Geilheit.

„Ich will deinen Schwanz in mir spüren, ganz tief, Chris, ich will dass du mich richtig hart fickst damit."
Chris stellte sich breitbeinig vor das Bett, auf dem Margaret lag und ihn beobachte, und begann langsam, aber kräftig zupackend, seinen Penis vor

ihren Augen zu reiben. Seine rechte Hand hielt den Schaft seines Schwanzes umklammert während seine linke Hand fast zärtlich seine beiden Eier massierte. Es dauerte nicht lange, und der gewünschte Effekt war zu sehen. Steif und kräftig stand sein Schwanz vor seinem Bauch.

Margaret begann nun wieder etwas heftiger zu atmen und spreizte ihre Schamlippen mit den Fingern ihrer linken Hand. Ganz öffnete sie sich so vor den Augen von Chris, der daraufhin etwas schneller an seinem Schwanz rieb und heftiger atmete.

Ganz vorsichtig glitten die Finger ihrer rechten Hand zwischen ihren kleinen Schamlippen hin und her und massierten dabei ihren Kitzler. Margaret warf ihren Kopf kurz zurück und stieß einen wollüstigen Schrei aus. Chris hätte sich am liebsten wieder nach unten gebeugt und ihren Kitzler in seinen Mund genommen. Aber noch ließ er sie zappeln.

Erst als er bemerkte, dass sie ihre Klitoris zwischen ihren Daumen und Zeigefinger genommen hatte und anfing, sich einen Orgasmus zu verschaffen, griff er ein. Beugte sich nach vorne und nahm ihre Finger weg. Sie begehrte auf, aber es nützte ihr nichts.

Chris umgriff ihre Oberschenkel mit seinen Händen und stieß seinen mittlerweile wieder steif gewordenen Schwanz tief und kräftig in ihre nasse, feuchte Vagina. Margaret wollte sich ihm entziehen, auf diese Größe in ihrer Fotze war sie nicht vorbereitet, aber Chris hielt ihre Beine fest und zog sie so ganz fest an sich. Fickte sie so tief er konnte, hart und regelmäßig waren seine Stöße.

Margarets Augen wurden glasig und feucht, sie begehrte nicht mehr auf, sondern überließ ihm ihren Körper. Erlaubte ihm, sie so zu ficken, wie es ihm gefiel. Hart und tief. Schneller und immer schneller wurden seine Bewegungen, und immer tiefer stieß er seinen gestählten Penis in ihre Vagina. Kurz bevor er abspritzen wollte, zog er ihn hastig aus ihrer warmen Grotte und stieß ihn in ihren weit geöffneten Mund. Seine Finger umklammerten nun ihren Kitzler, und mit ein paar tiefen Stößen in ihren Mund und heftigen Reibungen an ihrem Kitzler brachte er beide zum Orgasmus. Der Schrei der beiden Münder war wie ein Schrei. Gleichzeitig waren sie zum Orgasmus gekommen. Margaret war nicht in der Lage, den Erguss, den ihr Chris aus seinem Schwanz in den Rachen gespritzt hatte, ganz zu schlucken. Zuviel strömte aus seiner kleinen Spalte am oberen Ende seiner Eichel in ihren Mund.

Debbie, die den beiden atemlos zugesehen hatte, beugte sich über Margaret und leckte das Sperma ab, das aus ihrem Mund lief. Erschöpft ließ sich Chris neben Margaret fallen und merkte noch, dass Debbie sich nun an seinem Penis zu schaffen machte und ihn sauber leckte. Wie lange er so liegen blieb, wusste er nicht. Es war still in dem Raum, und Margaret lag eng an ihn gekuschelt neben ihm. Wie viel Zeit sie mit ihren Sexspielen verbracht hatten, war ihm nicht bewusst.
Debbie war gegangen. Chris hatte es überhaupt nicht bemerkt, und draußen wurde es langsam dunkel.
„Du musst jetzt auch gehen, denn ich möchte nicht, dass Harvey dich hier findet. Bestimmt klopft er bald, um mich daran zu erinnern, dass ich mich

für das Dinner heute Abend zurecht machen muss."

„Ja, du hast recht, Margaret. Das Dinner heute Abend hatte ich ja fast vergessen "

So erhob sich Chris, zog seine Hose und sein Hemd an und begab sich mit weichen Knien zurück in sein Zimmer.

Kapitel 8

Wieder in seinem Zimmer spürte Chris, dass die soeben erlebten Sexspiele mit Margaret und Debbie nicht spurlos an ihm vorbei gegangen waren. Wie gerne hätte er sich jetzt in sein Bett gelegt und etwas geschlafen. Er begab sich unter die Dusche und fühlte sich anschließend wieder leicht und beschwingt. Kaum hatte er seinen Anzug angezogen, klopfte es auch schon. Es war Harvey, der ihn zum Dinner abholte.

Es war wie immer. Höfliche Gespräche miteinander, nicht tiefgründig, sondern oberflächlich. Sogar die Politik war kurz ein Thema, aber nicht intensiv genug, um die gute Stimmung des Abends damit zu verderben.

Nach dem Dinner begaben sich alle auf ihre Zimmer, und dieses Mal verspürte Chris keine Lust, noch einmal auf den Turm zu gehen. Er war zu müde dafür und schlief kurze Zeit später ein.

Als Harvey ihn am nächsten Morgen weckte, schien die Sonne direkt auf sein Bett. Es versprach ein wunderschöner Sommertag zu werden. Chris fragte sich, was er wohl heute erleben würde. Schnell sprang er aus dem Bett, lief ans Fenster und atmete die frische Luft des Meeres tief ein.

Nachdem er sich geduscht und angezogen hatte, klopfte auch schon Harvey und begleitete ihn zum Frühstück in Matthews Gemächer.

„Guten Morgen, Chris. Ich hoffe, du hast gut geschlafen?"
„Danke, Matthew. Ich habe wunderbar geschlafen. Und du?"

120

„Ich habe kaum ein Auge zu gemacht, denn heute kommt doch meine Verlobte und bleibt ein paar Tage."

„Ach, das hatte ich ja ganz vergessen."

„Chris, ich hoffe nur, dass du dich während dieser Zeit nicht langweilst hier im Schloss. Ich weiß, es gibt hier wenige Dinge, die einen jungen Mann wie dich interessieren, aber ich verspreche dir, ab nächste Woche werden wir beide viel miteinander unternehmen."

„Mach dir bitte keine Sorgen um mich, Matthew. Ich langweile mich ganz bestimmt nicht. Hier gibt es genug zu erleben."

Matthew fragte nicht nach, was Chris damit meinte. Während sie frühstückten, plauderten sie munter über belanglose Dinge, und Chris bemerkte, dass Matthew immer nervöser wurde und neckte ihn ein wenig. Aber er konnte nicht verhindern, dass sein Freund immer unruhiger auf seinem Stuhl hin und her rutschte.

„Du scheinst dich wirklich auf Kathleen zu freuen, Matthew?"

„Ja, das tue ich, Chris. Als ich vorgestern bei ihr war, habe ich gemerkt, wie sehr ich diese Frau liebe. Nun kann ich es kaum erwarten bis sie kommt."

Chris verabschiedete sich von seinem Freund und ging zurück in sein eigenes Zimmer. Auf dem Weg dorthin bemerkte er, dass vor dem Portal des Schlosses ein Auto nach dem anderen vorfuhr. Es stiegen viele Personen aus, die von den Angestellten des Schlosses begrüßt und in Empfang genommen wurden.

Auch im Schloss selbst war es nicht mehr so still wie in den Tagen zuvor. Viele Türen wurden geöffnet und wieder geschlossen, und viele Füße

schritten über die Flure. Das Schloss besaß insgesamt fünf Etagen, auf jeweils dem östlichen, dem mittleren und dem westlichen Flügel. Auf der obersten Etage des östlichen Flügels lagen die Zimmer der Bediensteten.
Im mittleren Flügel befanden sich hauptsächlich größere Räume wie die Bibliothek, der Tanzsaal, der große Empfangssalon und das Musikzimmer. In dem westlichen sowie dem östlichen Flügel lagen die Schlafzimmer der Herrschaften und der Gäste. Heute schienen sehr viele Gäste erwartet zu werden, denn am Abend sollte der große Ball stattfinden.

Kaum in seinem Zimmer angekommen, klopfte es an die Tür.
„Herein."
Es war Harvey, der einen grauen Anzug brachte.
„Ich habe doch einen Anzug. Wozu benötige ich noch einen?"
„Das ist ein Cut, Mr. Chris."
Harvey schien sehr erstaunt über die Worte von Chris.
„Ein Cut, Harvey? Was ist das? Was ist ein Cut?"
Nun sah Harvey sehr konsterniert aus.
„Sie wissen nicht, was ein Cut ist, Mr. Chris?
Verneinend schüttelte Chris seinen Kopf.
Hochnäsiger hätte kein Diener der Welt die nächsten Worte von Harvey aussprechen können:
„Ein Cut, Mr. Chris, ist ein vornehmer Anzug der nur für Gala Anlässe getragen wird. Zum Beispiel für den großen Ball heute Abend, Mr. Chris!"
„Ist ja gut, Harvey, ist ja gut,"
versuchte Chris den aufgebrachten Diener zu beruhigen.
„Bei uns gibt es so etwas nicht."

Harvey hängte den Cut an den Kleiderschrank und verließ beleidigt den Raum. Chris musste trotz allem ein wenig lächeln. Der Ball heute Abend musste wohl etwas wirklich Wichtiges im Leben eines Butlers sein, wie sonst hätte er sich die Reaktion des Dieners auf seine Frage erklären sollen. Vielleicht wollte Harvey aber auch nur erreichen, dass alles perfekt wäre für den heutigen Abend.

Chris beschloss, zum Strand zu gehen und das schöne Wetter auszunutzen. Die Wellen waren ruhig, und er genoss es, darin zu schwimmen. Dieses Mal hatte er die kleine Bucht ganz für sich alleine. Anscheinend waren alle Bedienstete des Schlosses, Debbie mit einbegriffen, damit beschäftigt, die neuen Gäste zu empfangen und alles für den heutigen Abend vorzubereiten. Auch Margaret ließ sich nicht blicken.

Nachdem er noch einmal im Meer geschwommen hatte, begab sich Chris zurück auf sein Zimmer. Man hatte ihm einen kleinen Imbiss auf den Tisch gestellt, den er hungrig verspeiste.

Anschließend legte er sich auf sein Bett und schlief nach wenigen Minuten ein. Als er erwachte, wurde es langsam dunkel, und es klopfte an seine Tür.

„Herein."

Es war Harvey, der ihn daran erinnern wollte, den Cut für den heutigen Abend anzuziehen.

„Wenn Sie wollen, Mr. Chris, helfe ich Ihnen dabei."

„Gerne, Harvey."

Chris war froh, Harveys Angebot angenommen zu haben, denn das steife Hemd, die Weste und der Anzug mussten nach einer bestimmten Regel angezogen werden. Chris konnte sich kaum bewegen, da die Fliege um seinen Hals sehr eng saß. Nur mit Mühe konnte er Harvey davon überzeugen sie etwas zu lockern.

Dann folgte er ihm zu dem großen Speisesaal im mittleren Flügel des Schlosses. Als er ihn betrat, empfing ihn ein Murmeln aus vielen Kehlen. Es waren schon viele Gäste anwesend, die sich angeregt miteinander unterhielten. Chris kam sich etwas verloren vor, da er niemanden hier kannte, aber alle anderen schienen sich zu kennen. Endlich sah er Matthew, der den Raum betrat. Schnell eilte er auf ihn zu.

„Hast du deinen Platz am Tisch schon gefunden, Chris?"

„Welchen Platz am Tisch? Nein, Matthew, ich weiß nicht, ich habe noch gar nicht danach gesucht."

So schritten die beiden Freunde die lange Tafel entlang, bis sie ein kleines Schildchen mit dem Namen von Chris fanden.

„Hier wirst du nachher speisen. Nach dem Essen gehen wir alle in den Tanzsaal. Ich hoffe, mein lieber Chris, dass du eine Dame findest, die dir gefällt und mit der du tanzen kannst."

Mit diesen Worten drehte sich Matthew um und begann, auch die anderen Gäste zu begrüßen.

Immer mehr festlich gekleidete Menschen betraten den großen Raum, und endlich bat Mylord zu Tisch.

Hatte Chris gedacht, dass man nun mit dem Essen beginnen würde, so wurde er enttäuscht. Es folgte eine Rede nach der anderen, und als Chris glaubte, es vor Hunger nicht mehr aushalten zu können, sprach Mylord endlich das Schlusswort, und die Diener begannen, das Mahl zu servieren.

Es war eine reichliche Mahlzeit. Nacheinander wurden viele Gänge angeboten, und keiner sprach während des Essens ein Wort.

Chris sah sich die einzelnen Gäste an und fragte sich, wer von den vielen Frauen wohl die Verlobte von Matthew wäre. Manche konnte er nicht erkennen, da sie mit dem Rücken zu ihm saßen. Ihm gegenüber hatte eine Dame mittleren Alters Platz genommen, die ihn immerfort anstarrte. Chris wusste langsam schon nicht mehr, wo er hinsehen sollte. Sie versuchte mehrmals, ihn in ein Gespräch zu verwickeln, doch er verstand es wunderbar, sich so zu stellen, als ob er sie in dem ganzen Gemurmel um ihn herum nicht verstehen würde. Schließlich gab sie es auf, und Chris war erleichtert.

Fast am Ende des Tisches, an dem Chris saß, bemerkte er einen Herrn, den er bei den bizarren Sexspielen des Mylords im Keller gesehen hatte. Neben ihm die junge Frau, die den Keuschheitsgürtel trug. Sie sah nicht glücklich aus und rutschte mehrmals auf ihrem Stuhl hin und her. An dem Tisch gegenüber hatte Chris die Frau entdeckt, die auf dem Pferd ihren Orgasmus erlebt hatte. Sie strahlte und schien sehr glücklich an diesem Abend zu sein.

Endlich wurde die Tafel durch Mylord aufgehoben. Man durfte aufstehen und sich in den angrenzenden Ballsaal begeben. Chris rannte fast vor der älteren Dame davon, die ihn die ganze Zeit so intensiv beobachtet hatte. Es war Margaret, die ihn aufhielt.

„Aber Chris, Du rennst ja so, als ob der Teufel hinter dir her wäre."

Erleichtert lachte er auf.

„Das war er auch, meine liebe Margaret. Schön, dich zu sehen."

„Ich werde heute Abend nicht sehr viel Zeit für dich haben, denn meine Eltern erwarten von mir, dass ich mich allen Gästen widme."

Traurig sah Chris ihr nach, als sie auf ein älteres Ehepaar zuging und diese freundschaftlich begrüßte.

Am Kopfende des großen Saales befand sich eine Musikkapelle, die nun anfing, zum Tanz aufzuspielen. Mylady und Mylord eröffneten den Ball, und andere Gäste folgten ihrem Beispiel. Chris spürte, wie ihm jemand leicht auf die Schulter klopfte. Als er sich umdrehte, stand Matthew vor ihm, und an seinem Arm war eine wunderschöne junge Frau.

„Kathleen, darf ich dir meinen Freund Chris vorstellen?"

Mit einem freundlichen Lächeln reichte ihm die junge Dame ihre Hand.

„Chris, das ist meine Verlobte Kathleen."

Wie gebannt ergriff Chris ihre Hand. Noch nie zuvor hatte er eine so wunderschöne Frau gesehen. Ihre blonden Haare waren zu großen Locken geformt und umhüllten ein Gesicht, das so ebenmäßig war, dass es ihm fast schwindlig wurde.

„Guten Abend, Chris. Ich freue mich, Sie endlich kennen zu lernen. Matthew hat mir schon so viel von Ihnen erzählt."

Dabei strahlten ihre Augen ihn an. Zitternd ergriff Chris ihre Hand.

„Guten Abend, Kathleen. Ich freue mich auch, Sie endlich kennen zu lernen. Matthew hat mir auch von Ihnen schon so viel erzählt."

Ein fester Händedruck, der Chris sehr überraschte, hatte er doch eher einen leichten erwartet, und schon führte Matthew Kathleen weiter zu anderen Gästen, um auch ihnen seine Braut vorzustellen.

„Sie ist sehr schön, nicht wahr, Chris?"
Es war Margaret, die ihm diese Worte ins Ohr geflüstert hatte.
„Ja, sie ist wunderschön. Das hat mir Matthew nicht gesagt, dieser Schlingel."
„Ja, unsere Eltern haben einen guten Geschmack."
„Was meinst du denn damit?"
„Wusstest du nicht, dass meine Eltern Kathleen für Matthew ausgesucht haben?"
„Nein, das wusste ich nicht."
„So ist das halt bei uns. Matthew hat unverschämtes Glück gehabt, denn beide scheinen sich wirklich zu lieben."
„Ja, so sieht es aus. Aber du siehst heute Abend auch umwerfend aus."
„Danke schön, Chris. Wie wär's, würdest du mit mir tanzen?"
„Ich dachte, es ist die Aufgabe eines Mannes, diese Frage zu stellen, meine liebe Margaret?"
„Dann müsste ich wohlmöglich bis morgen darauf warten, von dir aufgefordert zu werden."
Lachend begaben sie sich zu den anderen Tanzenden. Eng schmiegten sich ihre Körper aneinander, denn es wurde gerade ein langsamer Walzer gespielt. Chris konnte nicht verhindern, dass Margaret seine aufsteigende Erregung bemerkte, denn sein Schwanz wurde dick und steif.
„Nicht heute Abend, Chris. Heute müssen wir brav sein."
„Schade, Margaret. Auch nicht später vielleicht?"
Doch Margaret schüttelte ihren Kopf, und Chris musste sich damit begnügen.

Später beobachtete Chris, wie Mylord die junge Frau um einen Tanz bat, die den eisernen Keuschheitsgürtel trug. Sie folgte ihm nur ungern, und beim Tanzen bemerkte Chris, dass sie große Mühe hatte, den Schritten Mylords zu folgen. Offensichtlich störte der Gürtel, den sie trug. Chris mochte sich nicht vorstellen, wie es der jungen Frau gerade erging, vor allen Dingen, nachdem die Kapelle einen schnellen Foxtrott spielte und Mylord, der ein ausgezeichneter Tänzer war, sie zu schnellen Schritten forcierte. Fest hielt er sie in seinen Armen, und sie musste ihm folgen, ob sie wollte oder nicht. Chris glaubte außerdem zu bemerken, dass die junge Frau Mylord darum bat, sich setzen zu dürfen, doch Mylord ignorierte ihre Bitte.

Aber nicht nur Mylord tanzte häufiger mit ihr, auch andere Männer, die Chris an dem bestimmten Abend in der Folterkammer beobachtet hatte, forderten sie zum Tanz auf, und sie musste wohl oder übel gehorchen. Nicht einen einzigen Tanz konnte sie auslassen, denn sowie sie sich wieder hingesetzt hatte, bat ein anderer Mann sie um den nächsten Tanz.

‚Oder hat sie vielleicht Gefallen daran?'
sinnierte Chris. Es schien ihm, als ob ihre Augen mehrfach glasig wurden während sie tanzte. Vielleicht war es aber auch nur ein Zeichen ihrer Qual.

‚Diese Männer müssten doch wissen, dass es nicht leicht für sie ist,'
dachte Chris und fühlte Mitleid in sich aufsteigen.

‚Oder Mylord hat es ihnen befohlen?'
Das konnte Chris sich schon besser vorstellen und dass es wohl ein Teil ihrer Strafe war, die sie sich durch ihr ungezügeltes Verhalten in der Folterkammer selbst zuzuschreiben hatte. Auch ihr

Mann schien nicht sehr glücklich zu sein, denn er lief den ganzen Abend mit einem sehr missmutigen Gesicht herum.

‚Ob es daran lag, dass er schone einige Tage nicht mehr mit seiner Liebsten Sex haben konnte?'

Chris tanzte an diesem Abend noch mit einigen anderen jungen Damen, doch Margaret entzog sich ihm für den Rest des Abends. Nur ab und zu erhaschte er einen Blick von ihr, der ihm zeigte, dass sie viel lieber diesen Abend mit ihm allein verbracht hätte. Gegen Mitternacht verabschiedete sich Chris von Mylady und Mylord und von Matthew und seiner Verlobten und begab sich allein in sein Zimmer. Die vielen Menschen, die durch die Gänge des Schlosses liefen, hielten ihn davon ab, in dieser Nacht auf das Turmzimmer zu steigen. So schlief er nach einiger Zeit ein, und nur in seinen Träumen erlebte er heiße Stunden.

Kapitel 9

Am nächsten Morgen wurde Chris durch ein lautes Geräusch geweckt. Wie in den Nächten zuvor hatte er auch in dieser Nacht seine Fenster weit geöffnet, um die frische Seeluft herein zu lassen. Doch das Wetter hatte sich in der Nacht verändert. Ein Sturm war aufgezogen und sorgte dafür, dass die offenen Fenster hin und her geschleudert wurden. Schnell stand Chris auf, um zu verhindern, dass sie in tausend Scherben zerschellten. Fasziniert beobachtete er durch ein geschlossenes Fenster die Macht der Natur. Die Wellen schlugen mit aller Macht an die Felsen, und der Himmel war verdunkelt vor lauter Regen.

Schnell begab er sich wieder in sein Bett. Es schien momentan der einzige warme Platz in diesem Zimmer zu sein.

Kurz bevor er wieder einschlief, hörte er ein Geräusch. Seine Zimmertür hatte sich geöffnet, und jemand hatte den Raum betreten. Noch ehe sich Chris umdrehen konnte, um zu sehen, wer ihn schon so früh am Morgen in seinem Zimmer aufsuchte, spürte er, wie sich ein kühler, weiblicher Körper an ihn drängte. Als er sich umdrehte, sah er, dass es Margaret war.

„Du frierst ja,"
rief Chris erschrocken aus.
„Ja, ich hatte unterschätzt, wie kalt die alten Gemäuer bei Sturm sind. Bitte halte mich warm."
Eng schmiegte sie sich an ihn. Ihr Hausmantel, den sie getragen hatte, lag vor dem Bett.

„Warum bist du schon so früh vom Ball verschwunden, Chris? Ich habe dich überall gesucht, aber ich habe dich nicht gefunden."

„Und warum hast du mich nicht in meinem Zimmer gesucht, meine liebe Margaret?"

Verschmitzt lächelnd sah Chris auf die Frauengestalt in seinem Bett.

„Du hast ja recht, ich wäre gerne diese Nacht zu dir gekommen, aber dann hätte es bestimmt jemand bemerkt. Jetzt schlafen alle noch."

Ihre Hände wanderten langsam an seinem nackten Körper entlang. Chris, der im selben Moment, als Margaret in sein Bett geschlüpft war und sich nackt an ihn gedrängt hatte, eine starke Erregung gefühlt hatte, atmete schwer.

„Mach langsam, Margaret, sonst spritzt mein Schwanz sofort ab."

„Soll er doch,"

murmelte sie und beugte ihren Kopf nach unten, um ihn in ihrem Mund aufzunehmen. Vergebens versuchte Chris, gleichzeitig mit seinen Händen an ihre Vagina zu gelangen. Sie entzog sich ihm geschickt und ließ dabei seinen Schwanz nicht aus ihrem Mund.

„Leg dich hin und genieße es einfach. Sieh mir zu, wie ich deinen Penis lecke und sauge und schau mir dabei in die Augen. Ich mag das Gefühl, und ich mag deinen Geschmack. Außerdem macht es mich geil, wenn du mir dabei zusiehst!"

Chris genoss ihren Mund an seinem Schwanz und sah ihr dabei zu. Sah, wie zärtlich sich ihre Lippen um seine Eichel wölbten und sie wieder los ließen, bemerkte, wie sie ihn dabei ansah, um seinen Schwanz dann erneut in ihrem Mund aufzunehmen, ihre Lippen darüber zu stülpen und kräftig mit ihrer Zunge in seiner engen Spalte zu lecken. Zwischendurch sah sie ihm immer wieder tief in seine Augen und saugte noch kräftiger.

Chris stöhnte auf.

„Ja, Margaret, du machst das gut. Du machst mich verrückt. Leck meine Eichel, ja, so ist es gut. Noch ein wenig fester, Margaret, lutsche sie, bitte sauge sie richtig fest, ja, Margaret, ja, oh, weiter machen, nicht aufhören, gleich spritzt er ab, ja, oh, Margaret, ja!"

Tief in ihrem Mund explodierte sein erregter Penis, und Margaret schluckte laut und heftig, und sie sah ihm dabei unentwegt in seine Augen.

Erst als sie ihn ganz ausgelutscht hatte, ließ sich Margaret neben ihn fallen.

„Du schmeckst einfach gut. Oh Chris, ich will noch viel mehr von dir bekommen. Jetzt, wo ich weiß, wie gut du am Morgen schmeckst, werde ich dich noch häufiger aufsuchen, wenn es dir recht ist."

„Natürlich ist es mir recht, meine liebe Margaret. Ich mag es, wie Du meinen Schwanz leer saugst, und ich liebe es auch, zu hören, wie gut er dir schmeckt."

Dabei hatte er sich leicht aufgerichtet und sah auf sie hinunter.

„Was kann ich tun, um dir eine Freude zu bereiten?"

„Fiste mich, bitte Chris, mache eine Faust in mir. Deine Hände sind so stark, und es ist ein irres Gefühl, sie in mir zu spüren."

Dabei legte sich Margaret auf ihren Rücken und bot sich ihm vollkommen nackt dar. Chris ließ langsam seine Hand über ihre Brüste gleiten, beugte sich hinunter und saugte an ihren Brustwarzen, bis sie steif und hart waren, um dann mit seinen Lippen ihren Körper weiter nach unten zu erforschen. Seine Hand berührte währenddessen die Innenseiten ihrer weiblichen Scham. Streifte zärtlich über ihre kleinen Schamlippen, die versteckt zwischen den großen, äußeren Schamlippen lagen. Er konnte sich nicht satt sehen an ihrer lüsternen Nacktheit.

„Ja, Chris, ja, das ist gut, mach weiter, Chris."

Margaret flüsterte ihre Lust, so, als ob sie Angst hätte, jemand anderer außer Chris könnte sie hören.

Als Chris mit seinen Mund an ihrem Venushügel angekommen war, stöhnte sie lauter und öffnete ihre Beine leicht. Der Geruch, der aus ihrer Scham dabei in seine Nase drang, machte ihn fast wahnsinnig. Er liebte ihn und konnte nicht genug davon bekommen. Tief versenkte er seinen Kopf zwischen ihren Beinen und leckte sie ausgiebig zwischen ihren Schamlippen.

Wieder stöhnte Margaret laut und anhaltend auf.

„Ja, Chris. Das ist gut, oh, Chris."

Chris hob seinen Kopf etwas an, um ihre wunderschöne Scham zu erforschen. Tief drückte er den Mittelfinger seiner rechten Hand in ihre Vagina und fing an, sie vorsichtig mit ihm zu ficken.

„Mehr, bitte Chris, mehr Finger."

Margaret stöhnte und wand sich unter seinem Körper. Rittlings kniete er sich über sie, sein Gesicht zwischen ihrer Scham.

Zu seinem Mittelfinger drückte er noch seinen Ringfinger sowie seinen Zeigefinger tief in ihre warme, feuchte Fotze und sog ihren Duft mit seiner Nase ein. Was für eine wunderschöne weibliche Scham. Erregt fingerte er sie von innen und leckte sie mit seiner Zunge von außen. Wohlig bewegte sie sich hin und her und genoss es, von seinen Fingern gefickt zu werden.

„Tiefer, Chris, ja, tiefer und fester. Ja, so ist es gut. Nicht aufhören, Chris, gib es mir, ja, so ist es gut, ja Chris, oh!"

Chris fand mit seinen Lippen ihre Klitoris, die sich zuvor verschämt zwischen den Schamlippen verborgen gehalten hatte. Nun aber, da die Lust von Margaret ins Unermessliche gestiegen war, war auch ihr Kitzler angeschwollen und verlangte nach Erlösung.

Hart umschlossen seine Lippen ihr Lustzentrum, saugten sich daran fest und massierten es. Ihr Kitzler klopfte heftig in seinem Mund, und Chris wusste, er würde jeden Moment abspritzen. Kaum konnte er es noch erwarten, denn er liebte den Geschmack über alles. Während Margaret ihre Beine noch weiter spreizte und sich so noch besser für ihn öffnete, führte er zusätzlich seinen kleinen Finger zu den anderen in ihrer Vagina.

„Ja, Chris, gut, das ist gut, fick mich, fester Chris, tiefer, noch tiefer, gib es mir, ja, oh!"

Und Chris fickte sie mit seinen Fingern. Hörte einen Moment auf, an ihrem Kitzler zu saugen und sah nur zu, wie fast seine ganze Hand in ihrer dunklen Höhle verschwand.

„Chris, leck mich, nicht aufhören, saug an meinem Kitzler, bitte, Chris!"

Chris kam Margarets Bitte nur allzu gerne nach und saugte sich an ihrer Klitoris fest. Es dauerte nicht lange, und sie kam und spritze ihm ihre Erregung in den Mund. Bäumte sich unter seinem Körper auf und schrie ihren Orgasmus hinaus. Ihr ganzer Körper zitterte, als er versuchte, noch mehr von ihren Orgasmus Tropfen aus ihr heraus zu saugen.

Dann wurde sie ruhiger, das Zittern hörte auf, und sie kreuzte ihre Beine übereinander, so als wollte sie sagen:

„Jetzt hast du genug gesehen, Chris. Ein anderes Mal gibt es mehr."

Als Chris seine Finger aus ihr herausziehen wollte, presste sie ihre Vagina zusammen.

„Lass sie noch ein wenig in mir drin, bitte, Chris. Ich mag das."

Umständlich rollte er sich von ihr herunter, seine Finger immer noch tief in ihrer Vagina. Chris merkte, dass es ihr gefiel, wie sich seine Finger in ihr bewegten, während er sich über ihr drehte. Sie presste die Vagina um seine Finger herum noch enger zusammen und hielt ihn so fest.

„Was für ein wunderschöner Morgen,"
flüsterte Margaret.

„Ja, bis aufs Wetter,"
antwortete Chris.

„Wie, um Himmels Willen, kannst du jetzt an das Wetter denken?"
fauchte Margaret und entzog sich seinen Fingern.

Erschrocken sah Chris ihr zu, wie sie aus dem Bett glitt, ihren Hausmantel anzog und das Zimmer verließ. Kurz vor der Tür drehte sie sich um, warf ihm noch einen wütenden Abschiedsblick zu und zog dann die Tür laut und kräftig hinter sich zu.

Chris lag in seinem Bett und wusste nicht, was eigentlich passiert war.

‚Warum hatte sie so wütend reagiert?'

Doch er hatte keine Zeit darüber nachzudenken, denn schon kurze Zeit später servierte ihm Harvey das Frühstück auf seinem Zimmer.

„Guten Morgen, Mr. Chris. Mr. Matthew frühstückt heute mit seiner Verlobten und ihren Eltern, daher dachte ich, wenn es Ihnen recht ist, Mr. Chris, dass ich Ihnen das Frühstück aufs Zimmer serviere."

„Danke, Harvey. Das ist sehr aufmerksam von Ihnen. Ja, es ist mir recht, hier auf dem Zimmer zu frühstücken."

„Ich hoffe, es schmeckt Ihnen, Mr. Chris."

"Danke, Harvey."

Chris duschte sich, und anschließend aß er mit gesundem Appetit alles auf, was Harvey ihm serviert hatte.

‚Und was soll ich heute machen?' überlegte er sich, nachdem er fertig gegessen hatte.

Bei diesem Wetter konnte er unmöglich hinunter zu der kleinen Bucht, um ein wenig im Meer zu schwimmen. Ausreiten war genauso unmöglich, denn der Sturm, der über die Felsen wehte, hätte ihn bestimmt vom Pferd gerissen.

Chris begab sich zu der großen Bibliothek, die sich im mittleren Trakt des Schlosses eine Etage höher befand. Unzählige Bücher säumten die Wände, und in kleinen Gruppen angeordnet waren Sessel und Tische im Raum verteilt.

Durch eines der Fenster konnte Chris nach außen sehen. Es zeigte die Straße, die zum Schloss führte, und wenn er sich etwas hinaus lehnte, konnte er unten die große Treppe sehen, über die man das Schloss betreten konnte.

Es erlaubte aber auch einen Blick über den weitläufigen Park, der sich vor dem Schloss befand. In einer kleinen Baumgruppe versteckt, sah er einen kleinen Pavillon, der ihm zuvor noch nie aufgefallen war. Chris nahm sich vor, sowie das Wetter etwas besser war, diesen kleinen Pavillon zu besuchen.

In dem Moment, in dem er das dachte, sah Chris, wie eine junge Frau die Schlosstreppe hinunterging und mit wehenden Haaren durch die stürmische Luft und durch den Regen zu diesem Pavillon lief. Es war Margaret.

Was Chris nicht wissen konnte war der Umstand, dass Margaret sich ein wenig in ihn verliebt hatte und sie deshalb am Morgen so heftig reagiert hatte. Der Mann, den ihre Eltern für sie ausgesucht hatten, musste die Teilnahme an dem Ball am vorherigen Tag absagen, da es einen unerwarteten Trauerfall in seiner Familie gegeben hatte. Margaret, die sich so auf seinen Besuch gefreut hatte, wurde bitter enttäuscht. Sie hatte gehofft, seine Nähe würde die aufkeimende Liebe zu Chris ersticken. Jetzt war sie ihren Gefühlen hilflos ausgesetzt und wusste nicht damit umzugehen.

Instinktiv verließ Chris die Bibliothek, stürmte die Stufen des Schlosses hinunter und lief hinter Margaret her. Als er sie im Pavillon fand, weinte sie hemmungslos. Chris wusste nicht so richtig, was er tun oder sagen sollte. Wusste auch nicht, ob es ihr recht wäre, dass er sie so sähe. Als er sich umdrehte, um den kleinen Raum wieder zu verlassen, hielt ihn Margaret fest.

„Bitte bleib, bitte, geh nicht weg."

Er legte seine Arme um ihre zitternde Gestalt und hielt sie fest.

Lange standen sie so, dann drehte sich Margaret aus seinen Armen.

„Du glaubst wohl, mit mir stimmt etwas nicht, oder?"

„Warum sollte ich das glauben, Margaret?"

„Nun, weil ich mich heute so unmöglich benehme."

„Du wirst deine Gründe haben. Vielleicht möchtest du mit mir darüber sprechen?"

Nachdenklich sah ihn Margaret an.

„Ja, Chris. Vielleicht tue ich das, aber nicht jetzt. Vielleicht später. Danke, Chris."

„Warum danke, Margaret? Ich habe doch nichts gemacht."

„Doch, Chris. Du warst einfach da, und das hat genügt."

Chris legte erneut seine Arme um ihren Körper, und so standen sie eine Zeitlang eng umschlungen da.

„Weißt du, Chris,"

sagte Margaret nach einer langen Zeit, in der sie einfach nur engumschlungen im kleinen Pavillon gestanden und dem pfeifenden Wind draußen zugehört hatten.

„Eigentlich bin ich nur traurig."

„Warum, Margaret? Warum bist du traurig?"

„Weil Peter nicht kommen konnte. Ich vermisse ihn so sehr."

„Wer ist Peter, Margaret?"

„Peter ist der Mann, den meine Eltern für mich ausgesucht haben. Leider gab es einen Todesfall in seiner Familie, und deshalb konnte er nicht am Ball teilnehmen. Ich hatte mich so sehr auf ihn gefreut."

Chris stand wie erstarrt neben der jungen Frau, die ihm gerade mitgeteilt hatte, dass sie einen Freund hatte. Was hatte er erwartet? Dass eine so schöne Frau wie Margaret noch single wäre? Ein kleiner Schmerz durchzuckte ihn.

„Wir dürfen uns aber erst verloben, nachdem Matthew und Kathleen geheiratet haben."

„Warum das denn?"

„Auch so eine Sitte, die man in unseren Kreisen nicht brechen darf."

Margaret seufzte laut auf.

Chris wusste nicht was ihn ritt, als er Margaret fragte:

„Schmeckt Peter genauso gut wie ich?"

„Ich weiß es nicht"

antwortete sie ruhig.

„Ihn habe ich noch nicht ausprobiert."

„Aber, aber,"

stotterte Chris verlegen.

„Ach, Chris, sei froh, dass du frei bist und machen kannst, was du willst. Wir dürfen es nicht, aber nur nach außen hin. Was wir heimlich machen, ist unsere Sache. Doch Peter besteht darauf, mit dem Sex bis zur Hochzeitsnacht zu warten. Er glaubt, ich wäre noch eine Jungfrau."

„Und was sagst du ihm in Eurer Hochzeitsnacht?"

„Chris, wenn er wirklich so unschuldig ist, wie er sagt, dann wird er es nicht merken. Und wenn nicht, dann muss ich mir etwas einfallen lassen. Sorgen mache ich mir darüber aber erst, wenn es soweit ist."

Sie schmiegte sich eng an ihn, und Chris konnte die Konturen ihres wundervollen Körpers deutlich spüren. Zärtlich streichelte er ihren Rücken und ließ dabei seine Hand langsam nach unten gleiten. Er zog ihr Kleid hoch und schaute über ihre Schultern. Der Anblick ihres nackten Hinterns ließ seinen Schwanz anschwellen und pulsieren. Margaret wehrte sich nicht, als er anfing, ihre beiden Hinterteile kräftig zu massieren. Sie genoss es und drängte sich noch enger an ihn.

„Trägst du nie ein Höschen?"

flüsterte er ihr ins Ohr.

„Sollte ich?"
flüsterte Margaret erregt zurück.
„Heute Morgen wollte ich, dass du mich fistest. Stattdessen hast du mich mit deinem Mund verwöhnt. Wann holen wir es nach?"
„Jetzt, sofort."
Chris konnte nur noch stammeln, die Adern an seinem erigierten Schwanz pulsierten, und sein Atem ging hastig.

„Wir müssen gehen, Chris. Gleich wird Lunch serviert, und da dürfen wir nicht fehlen."
Mit diesen Worten schob Margaret Chris ein wenig zur Seite und richtete ihr Kleid.
„Aber wir haben noch Zeit bis dahin. Margaret, bitte. du kannst mich doch jetzt hier nicht so stehen lassen."
„Doch, mein lieber Chris, ich kann. Vor dem Essen muss ich mich noch umziehen, deshalb muss ich jetzt zurück ins Schloss. Dabei streichelte sie zärtlich über die Stelle seiner Hose, hinter der sich sein aufgewühlter und erigierter Schwanz befand und unbedingt abspritzen wollte.
„Margaret, bitte,"
Chris stöhnte, aber Margaret drehte sich um und wollte den Pavillon verlassen. Sie drehte sich noch einmal zu Chris und flüsterte leise:
„Um drei Uhr in meinem Zimmer."
Chris machte einen Schritt auf sie zu und zog sie eng an sich. Gierig presste er seine Lippen auf ihre und teilte sie mit seiner Zunge. Tief glitt sie in ihren Mund, und Margaret konnte nicht anders, sie saugte sich an ihr fest und drückte ihren Körper eng an seinen. Wieder ergriff er ihr Kleid und zog es hoch. Erneut griff er nach hinten und massierte kräftig ihre Arschbacken, während Margaret versuchte, seine Zunge aus ihrem Mund zu

drängen. Aber Chris gab nicht nach, denn seine Erregung war übermächtig geworden. Die Pobacken in seinen Händen fühlten sich weich und willig an, schrien förmlich danach, geteilt und gefickt zu werden.

Margaret gab nach, ihr Körper, der sich eben noch gewehrt hatte, wurde weich und zärtlich. Er zog seine Zunge aus ihrem Mund und sah sie erregt an.
„Später, mein lieber Chris. Wir müssen vernünftig sein.
„Das kannst du nicht von mir verlangen, Margaret. Nicht in diesem Moment."
Der Atem von Chris ging heftig, und sein Penis klopfte gegen den Stoff seiner Hose.
„Ich muss, Chris. Ich muss jetzt vernünftig sein, bitte. Wir müssen uns für das Essen umziehen. Du genau wie ich. Anschließend kannst du mit mir machen, was du willst. Ich verspreche es dir."
„Was ich will?"
„Ja."
Chris beruhigte sich langsam, und auch sein Schwanz gab nach.
„Gut, Margaret, dann bis um drei Uhr, versprochen?"
„Ich verspreche es dir, Chris. Gerne verspreche ich es dir."
Margaret hob sich auf ihre Zehenspitzen und gab ihm einen leichten Kuss auf seine Nasenspitze.
„Komm, es ist Zeit."

Gemeinsam liefen sie durch den immer stärker werdenden Regen zurück zum Schloss.

Kapitel 10

Chris hatte sich in seinem Zimmer umgezogen und wartete darauf, von Harvey zum gemeinsamen Lunch abgeholt zu werden. Hatte er gehofft, sein Schwanz würde etwas Ruhe geben, so hatte er sich schwer getäuscht. Dick und prall zeichnete er sich in seiner Hose ab, und Chris hatte Mühe, ihn unter seinem Jackett zu verbergen. Während des Essens stocherte er nervös auf seinem Teller herum und suchte immer wieder den Blick von Margaret, die sich aber nicht sonderlich um ihn kümmerte. Sie scherzte mit dem Vater von Kathleen und plauderte munter mit ihrer Mutter. Nur ab und zu warf sie einen kurzen Blick auf Chris, in dem er erkannte, wie sehr sie sich danach sehnte, dass das Essen endlich vorbei wäre. Es erschien ihm wie eine Ewigkeit bis Mylord das Essen beendete.

So schnell er konnte lief er zu seinem Zimmer und zog sich um. Trug nun eine bequeme Hose, die sich nicht so eng um seinen Schwanz legte, wie die des Anzuges. Dann beeilte er sich, pünktlich zu seinem Treffen mit Margaret zu gehen. Er lief fasst die letzten Schritte bis zu ihrem Zimmer und konnte es kaum erwarten, sie zu sehen, um mit ihr die schmutzigen Dinge zu tun, die seinem Schwanz den erlösenden Orgasmus bringen würden.
Bevor er jedoch ihr Zimmer betrat, versicherte er sich, dass niemand auf dem langen Flur war und ihn dabei beobachtete. Schnell trat er hinein und schloss die Tür hinter sich. Dann zog er sich ganz aus und trat an ihr Bett.

Aber Margaret war nicht zu sehen. Zwar waren die Decken auf ihrem Bett zurück geschlagen und warteten nur darauf, dass er und Margaret darin spielten, aber von ihr war nichts zu hören und nichts zu sehen. Etwas irritiert trat Chris an die Fenster und schaute hinaus, als er spürte, wie eine weiche Hand sich zwischen seine strammen Pobacken zwängte. Seine Erregung stieg ins Unermessliche.

Gegen das kühle Fenster gelehnt, öffnete er seine Beine etwas, um es der suchenden Hand zwischen seinen Hinterteilen leichter zu machen. Feuchte Lippen drückten sich auf seinen nackten Rücken, und die Finger der Hand zwischen seinen Beinen massierten den runzligen Eingang zu der dunklen Höhle dazwischen. Leicht stöhnte Chris auf und spreizte seine Beine etwas. Nun spürte er auch eine Hand, die von vorne an sein erigiertes Glied wollte. Ihre Beine hatte sie um ihn gestellt und drückte ihren Venushügel eng an seine Seite.
Chris stöhnte laut auf.
„Ja, Margaret, das ist gut. Spiel mit meinem Schwanz, ja, nimm ihn dir, massiere ihn fester, bitte, Margaret. Zeig ihm, dass du die Herrin bist!"
Sofort hörte sie damit auf.
„Was ist los?"
„Du kommst zu schnell. Ich will noch ein wenig mit dir spielen. Bück dich."
Dabei klopfte sie ihm so fest auf seine Arschbacken, dass er sich erschreckt ganz tief hinunter bückte. Aber es waren nicht ihre Finger, die sie in sein kleines runzliges Loch drückte. Der Gegenstand, den er fühlte, war kühl und sehr hart.
„Entspanne dich, Chris. Es ist geil, zuzusehen, wie ich diesen Dildo in deinen Arsch schiebe. Hattest

du schon einmal einen Schwanz in deinem Hintern?"
„Nein,"
keuchte Chris,
„noch nie. Mein Arschloch ist noch nicht gedehnt, Margaret. Du musst vorsichtig damit umgehen."

Sofort nahm Margaret die Spitze des metallenen Dildos aus ihm heraus.
„Dann wird es dir keinen Spaß machen, denn dieser Dildo hier ist zu dick."
Sie beugte sich hinunter und küsste sein enges Loch, das sich langsam wieder verschloss. Margaret drehte sich um und ging zu ihrem Bett.
„Ich möchte, dass du mich auf das Bett wirfst, bitte Chris."
Sofort stellte er sich auf und hob sie hoch. Nahm sie auf seine Arme und warf sie auf ihr Bett, wo sie rücklings liegen blieb.
„Schau mir zu,"
keuchte sie erregt.
Dann streichelte sie langsam die Innenseiten ihrer Beine und spreizte sie ein wenig. Chris fing an, heftiger und stoßweise zu atmen. Als er sah, wie sich ihre Finger in Richtung ihrer Vagina bewegten, wollte er sich zu ihr setzen, aber Margaret wehrte ihn ab.

„Noch nicht, Chris. Sieh weiter zu."
Ganz langsam zog sie ihre dicken Schamlippen auseinander und ließ ihn in ihre weibliche Scham sehen. Dann steckte sie ihren Mittelfinger an die Öffnung ihrer Fotze und stieß ihn mit einem leisen Schrei tief in sich hinein. Chris glaubte, sein Schwanz müsste jeden Moment explodieren. Auch Margaret sah, dass er Mühe hatte, eine Ejakulation zu verhindern.

„Knie dich über mich,"
keuchte sie.

„Steck ihn mir in den Mund, komm, Chris, gib mir deinen Saft, schnell!"

Chris tat, was sie wollte und kaum hatte er seinen Schwanz in ihrem Mund, ejakulierte er und gab ihr das, wonach sie so heftig verlangt hatte. Fest hatte sie dabei ihre Finger in seine Arschbacken gekrallt und ihn so noch tiefer in ihren Mund gedrückt. Erst nach einer Weile, als sie ganz sicher war, dass sie auch den letzten Tropfen aus der kleinen Spalte seiner Eichel gesaugt hatte, ließ sie ihn los. Kraftlos sank er in die Kissen neben sie.

Am liebsten hätte er sich auf die Seite gelegt und etwas geschlafen, aber Margaret gewährte ihm keine Ruhe.

„Und ich?"
maulte sie.

„Was ist mit mir? Ich brenne, und ich will unbedingt deine Faust in mir spüren."

Chris hatte sich etwas erholt und drehte sich wieder zu ihr.

„Du wirst sie bekommen, hart und tief in dir wirst du sie gleich spüren."

Seine Finger erforschten erneut ihren Venushügel und drangen vor zu ihrer dunklen, feuchten Grotte, die sie ihm mit leicht gespreizten Beinen darbot. Tief rammte er drei seiner Finger in sie hinein und begann, sie damit zu ficken.

„Ja, das ist gut, Chris. Fester, fick mich härter, bitte Chris, noch tiefer, ja, das ist gut."

Ihr Körper bewegte sich hin und her, vor und zurück, und sie hob und senkte ihren Hintern so, dass sich seine Finger so tief wie sie nur konnten in ihrer Fotze bewegten.

Dann schien sie ihre Vagina noch weiter für ihn öffnen zu wollen, indem sie versuchte, ihre Beine noch mehr zu spreizen.

„Gib mir mehr,"

keuchte sie.

„Gib mir deine Hand."

Chris streckte ihr seine linke Hand entgegen, während die Finger seiner rechten Hand weiter ihre Fotze von innen massierten. Sie stieß seine linke Hand auf die Seite.

„Nein, ich meine doch, drück deine ganze Hand in mich hinein, so tief, wie du nur kannst. Komm, gib mir deine Hand, schnell."

Vorsichtig zog Chris die vier Finger, die sich mittlerweile in ihr befanden, etwas heraus, legte seinen Daumen in die Handfläche und zwängte langsam seine ganze Hand tief in sie hinein. Margaret stöhnte dabei mehrmals laut auf, und Chris wollte schon aufhören, aber sowie er aufhörte, seine Hand in sie hinein zu drücken, bewegte sie ihren Unterkörper so, dass seine Hand immer tiefer in sie hinein glitt. Warm und feucht umschloss ihre Vagina seine fünf Finger, presste sich um sie zusammen und schien sie nicht mehr loslassen zu wollen.

„Jetzt fick mich, komm, mach schon, fick mich mit deiner Hand, ja, so ist es gut, tiefer, komm, gib es mir, oh, ah, ja, so ist es gut."

Margaret bewegte ihren Schoß auf und ab und schob ihn hin und her und sorgte so dafür, dass die Hand von Chris ganz tief in ihr verschwand.

„Massiere meinen Kitzler, Chris, saug ihn ganz fest, bitte, ich verbrenne vor Lust, lutsche ihn, nimm ihn in den Mund."

Chris beugte sich über die sich ihm darbietende Scham und drückte mit seinen Fingern der linken

Hand die äußeren Schamlippen weit auseinander. Innen befand sich ihr helles, rosafarbenes Fleisch, das sich zart um ihren Kitzler legte und versteckte. Hart presste er seine Lippen darauf und saugte ihn in seinen Mund. Der Geruch und der Geschmack ihrer geilen Weiblichkeit machten in gierig. Gierig danach, den köstlichen Saft, der schon bald aus ihrer Klitoris heraus spritzen würde, zu trinken. Kräftiger saugte er, und seine Hand in ihrer Vagina stieß immer heftiger zu. Chris spürte, wie sich ihr Körper aufbäumte, ihr Atem flacher wurde, bis sie ganz aufhörte zu atmen. Dann kam es ihr, erst ein Murmeln, dann ein leiser Schrei, der immer lauter wurde, und sich zusammen mit ihrer Klitoris entlud. Heftig saugte er die Tröpfchen, die aus ihrer Klitoris in seinen Mund tropften, sog den Duft und den Geschmack in sich auf und genoss das warme Gefühl, das sich in ihm breit machte. Obwohl er selbst soeben keinen Orgasmus erlebt hatte, fühlte er sich gut. Er wusste nicht, wie lange Margaret schon darauf gewartet hatte, endlich wieder dieses wunderbare Gefühl erleben zu können.

Chris wartete eine Weile, bis sich der Atem von Margaret etwas verflacht hatte und wollte dann langsam seine Hand aus ihr herausziehen. Aber Margaret hielt ihn davon ab.
„Nein, bitte, lass sie noch ein wenig in mir. Ich liebe dieses Gefühl. Aber ich möchte, dass du versuchst, dich so herumzudrehen, dass du über meinem Gesicht kniest, ohne dass du deine Hand aus mir heraus ziehst. Versuche es einmal."
Vorsichtig bewegte sich Chris in die von ihr gewünschte Position, ohne seine Hand aus ihr herauszuziehen. Mehrmals stöhnte sie dabei auf, wenn er dabei seine Hand in ihr gar zu sehr bewegte.

„Gib mir deinen Schwanz, bitte Chris, lass mich ihn schmecken."

So ging er über ihrem Gesicht in die Knie und platzierte seinen Schwanz direkt über ihren Mund. Seine Eichel war etwas erschlafft und sein Schwanz nicht mehr ganz so hart wie zuvor, aber Margaret wusste, was sie tun musste, um ihn wieder in einen erregten Zustand zu bringen. Da Chris sich nicht tief genug hinunter bückte, legte sie ihre beiden Hände um seine Pobacken und drückte ihn so weit hinunter, bis sein Schwanz tief in ihrem Mund steckte. Gierig saugte sie an seiner Eichel, drückte ihre Zunge in die kleine Spalte, die sich am oberen Ende befand und saugte die ersten Tröpfchen, die sich mittlerweile wieder dort gebildet hatten, erregt heraus. Dann ließ sie seine Arschbacken los und fing an, die Vorhaut seines Schwanzes heftig auf und nieder zu reiben, bis sein Glied hart und fest war. Pulsierend waren die dicken Adern zu sehen, die seinen Penis umgaben und ihm die nötige Härte gaben.

„Ja, das ist gut, oh, ja, Margaret, das machst du wunderbar, nicht aufhören, bitte, sauge fester, ja, ah Margaret, oh."

Und Margaret saugte fester und schneller, und ihre Hand massierte seinen Schwanz so heftig, dass er explodierte. Sich in ihren Mund entlud und Chris dazu veranlasste, mit einem lauten Schrei seine Wollust kund zu tun. Dabei zuckte seine rechte Hand, die noch immer in der dunklen, warmen Fotzenhöhle von Margaret steckte, kräftig hin und her.

Erschöpft legte er sich anschließend auf Margaret, und sein Kopf kam direkt zwischen ihren immer noch weit gespreizten Schenkeln zum Liegen. Er sog den strengen Duft ihrer Weiblichkeit tief in sich hinein. Für ihn war es der wunderbarste Geruch, den sich ein Mann nur vorstellen konnte, signalisierte er ihm doch die Bereitschaft dieser Frau, sich ihm vollkommen hingeben zu wollen.

„Massiere mich weiter, bitte, Chris. Bitte bewege deine Hand in mir und mache eine Faust aus deinen Fingern, bitte, Chris,"

hörte er die Stimme von Margaret.

„Bring mich noch einmal zum Höhepunkt, bitte."

Also richtete Chris sich etwas auf, ging wieder auf die Knie direkt über ihren Kopf, stützte sich auf seinen linken Ellenbogen und bewegte die Finger seiner rechten Hand tief in ihr. Margaret stöhnte leicht auf und begann, sich erneut um seine Finger herum zu bewegen. Kreisende Bewegungen, aber auch ruckartige, die seine Hand immer tiefer in sie hinein drückte.

„Mach eine Faust, Chris, Bitte, mach eine Faust in mir, ich will, dass du deine Finger zu einer Faust ballst."

Chris versuchte, seine Hand aus ihr herauszuziehen, da er sich nicht vorstellen konnte, eine Faust in ihrer warmen Höhle ballen zu können.

„Lass sie drin, nicht rausziehen, mach die Faust in mir, komm Chris, mach schon!"

Obwohl er es kaum glauben konnte, war er tatsächlich in der Lage, seine Hand in ihrer warmen, feuchten Grotte zu einer Faust zu formen. Laut stöhnte Margaret dabei auf und bewegte ihren Unterkörper heftig hin und her, so, als ob sie dem enormen Druck in ihr ausweichen wollte.

„Und jetzt fick mich damit, bitte Chris, stoß etwas kräftiger zu, fester Chris, bitte, fester!"

Unter dem stetigen Aufbäumen und Rotieren ihres Unterleibes fickte Chris sie mit seiner Faust. Ihr weiblicher Duft verstärkte sich, und er konnte nicht anders, er musste wieder ihren dick angeschwollenen Kitzler in seinen Mund nehmen. Kräftig saugend und mit gleichmäßig heftigen Stößen seiner Faust tief in ihrer Scheide, erlebte Margaret erneut einen Orgasmus, der sie dazu verleitete, ihre Lust laut und anhaltend hinauszuschreien. Der Saft, der dabei aus ihrer Klitoris auf die Zunge von Chris spritzte, erregte wiederum ihn so sehr, dass er seinen mittlerweile hart gewordenen Penis erneut in ihren Mund drängte.

„Lutsch ihn, bitte, lutsch ihn leer,"
keuchte er und warf seinen Kopf nach hinten. Tief rammte er seinen harten Penis in den Mund, und als sie nach seinen beiden Hodensäcken griff, die prall gefüllt nach unten hingen, stieß er einen lauten Schrei aus.

„Nicht so fest, Margaret, bitte, nicht so fest. Sie mögen es, wenn sie massiert werden, sanft massiert werden, Margaret."

Sie gehorchte sofort und massierte seine beiden Eier behutsam, während ihre Lippen an seiner Eichel saugten und ihre Zunge die kleine Spalte an der Spitze nach den ersten Liebestropfen erforschte.

Er beobachtete dabei, wie ihre dicken Schamlippen direkt vor seinem Gesicht langsam wieder anschwollen. Zart fing er an, mit seinen Fingern das Innere zu erforschen und ertastete die kleineren Schamlippen. Aus dem Mund von Margaret, der gefüllt war mit seinem enormen Schwanz, drang ein undefinierbarer Laut der Lust, der ihn anspornte, seine Erforschung ihrer weiblichen Genitalien weiter fortzusetzen. Da seine rechte Faust noch immer tief in ihrer Vagina steckte, hatte er nur die linken Finger übrig, um die immer mehr anschwellenden äußeren Schamlippen auseinander zu dehnen. Der Geruch, der ihm erneut in die Nase stieg, ließ seinen Schwanz zu enormer Größe und Dicke anschwellen, so dass nur noch die Eichel im Mund von Margaret Platz hatte.

„Lutsche ihn, bitte sauge dich an ihm fest, sauge ihn leer, bitte Margaret, bitte sauge fester, ja, so, ja Margaret, oh!"
Chris schrie es laut hinaus in seiner unbeschreiblichen Lust und rammte dabei seine Faust hart in ihrer Scheide hin und her. Ein Gurgeln aus Margarets Mund ließ erkennen, dass auch sie auf einen erneuten Orgasmus wartete. So nahm Chris den Kitzler zwischen seinen Zeigefinger und den Mittelfinger und begann, ihn gleichmäßig, kombiniert mit festen Stößen seiner Faust in ihrer Fotze, zu massieren. Margaret bäumte sich unter ihm auf, und er erkannte, dass sie bald wieder einen Orgasmus haben würde. Seine Finger massierten etwas langsamer, was Margaret mit einem Klageton missbilligte.
„Nicht aufhören, Chris, bitte, nicht aufhören."
Dabei hatte sie seinen Schwanz aus ihrem Mund gedrückt.
„Nimm meinen Schwanz, bitte Margaret, nimm ihn wieder in deinen Mund und sauge ihn. Ja, so, ah, Margaret, ja. Sauge ihn fester, Margaret, bitte, fester, Margaret, oh, ja,"
stöhnte Chris. Er war kurz vor dem Abspritzen, aber noch musste sie ihm dabei helfen. Noch war sein Schwanz nicht bereit, ihr erneut eine Ladung seines kostbaren Samenergusses in ihren bereitwilligen Mund zu spritzen.

Sorgfältig platzierte Chris seine Finger wieder um den erregt pochenden Kitzler von Margaret und massierte ihn kaum spürbar für sie. Sie wimmerte und schien zu betteln.

„Fester, bitte fester, bitte Chris,"
aber er ignorierte sie, stieß seine Faust in ihrer dunklen feuchten Höhle sanfter hin und her und genoss den Duft, der dabei in seine Nase strömte. Dies wiederum hatte zur Folge, dass sein Schwanz jetzt bereit war, jederzeit abzuspritzen. Heftiger wurden seine Stöße in ihren Mund, und heftiger saugte er nun an ihrer Klitoris.

„Ja, ja, Margaret, so ist es gut. Ja Margaret, ja, ja, es kommt, er spritzt, Margaret!"
Sein Schrei verhallte in den hohen Mauern, die den Raum umgaben. Noch einmal bäumte sich sein Körper auf, und sein Schwanz spritzte eine neue Ladung in den Mund, der ihn so bereitwillig aufgenommen und an ihm gesaugt hatte. Margaret hatte Mühe, die Menge seines Ergusses zu schlucken, aber sie schaffte es, und nun war sie es, die unter seinen mittlerweile wieder beginnenden Saugattacken an ihrem Kitzler laut aufstöhnte und nach mehr bettelte.

„Ja, Chris, das ist gut, das ist gut, ja Chris, fester, bitte sauge etwas fester, ja Chris, ja!"
Auch ihr Schrei der Wollust und Erlösung drang nicht durch die dicken Mauern nach außen, sondern umhüllte beide Körper, die noch vereint über- und untereinander lagen.

Nachdem sie eine Zeitlang so verbracht hatten, hob Chris langsam seinen Körper von ihrem und bemerkte dabei, dass seine rechte Hand noch immer in der Vagina von Margaret steckte. Vorsichtig machte er seine Finger in ihr lang und zog sie langsam aus ihr heraus, aber Margaret wehrte sich.

„Nein, Chris. Noch nicht. Lass sie noch ein wenig in mir drin und mach bitte wieder eine Faust. Es ist ein unbeschreibliches Gefühl, deine harte Faust in mir zu spüren, bitte Chris."

Chris erfüllte ihren Wunsch und machte erneut die Faust in ihr, während die Frau neben ihm leise aufstöhnte und sich hin und her wand.

„Ja, Chris, das ist gut, das ist ein wahnsinniges Gefühl. Bitte versuche deine Faust so dick wie möglich zu machen. Ich will sie spüren, richtig in mir spüren."

Chris tat, was sie verlangte und erreichte damit, dass sich auf dem Gesicht von Margaret ein zufriedenes Lächeln breit machte.

„Ja, Chris, so ist es gut. Bewege sie in mir, höre bitte nicht auf, sie in mir zu bewegen. Was für ein Gefühl!"

Ihre Beine, lang und schlank, bewegten sich auf und nieder, und die Faust von Chris spürte diese Bewegungen in der Tiefe ihrer Vagina. Es schien sie zu erregen. Mit geschlossenen Augen genoss sie das Gefühl und verstärkte es noch, indem sie ihr Becken leicht anhob und es kreisen ließ. Fasziniert sah Chris ihr dabei zu. Sah, wie ihre äußeren Schamlippen sich langsam wieder verdickten, sich anfingen nach außen zu wölben. Er fing an, schneller zu atmen und beugte sich über ihre Scham und sog tief diesen wunderbaren Duft der weiblichen Wollust in sich hinein.

„Spiel mit meiner Klitoris, bitte Chris, so wie eben, sauge sie. Ich will noch einen letzten Orgasmus."

Ihr Atem ging schneller, genau wie die Bewegungen ihres Beckens. Chris hatte Mühe, ihre Schamlippen auseinander zu ziehen, da sie ihm immer wieder entglitten. Endlich hatte er es geschafft. Schaute in das Innere ihrer Scham, sah die kleinen Schamlippen und ließ langsam seine Zunge darüber gleiten. Es war, als ob sie unter seinen Berührungen leicht zitterten, und er leckte etwas fester, was Margaret zu einem spitzen Schrei veranlasste. Sie schob ihr Becken etwas nach unten, und Chris spürte ihren Kitzler in seinem Mund. Wieder pulsierte er wild und wartete nur darauf, endlich erlöst zu werden, wieder spritzen zu dürfen. Eigentlich wollte Chris Margaret noch ein wenig warten lassen, aber es war zu spät. Kaum, dass Chris ihre Klitoris in seinem Mund hatte und fest an ihr saugte, schmeckte er auch schon ihren wunderbaren Saft, der sich auf seiner Zunge verteilte. Wild bäumte sie ihr Becken auf, stieß es hin und her und schrie, wie er noch nie eine Frau vor Wollust hatte schreien hören.

Seine Faust in ihr wurde von einem Krampf ihrer Scheide erfasst, und er erkannte, dass sie gerade einen doppelten Orgasmus erlebte, nämlich einen inneren und einen äußeren gleichzeitig. Ihr ganzer Körper bebte vor Lust, und Chris konnte sich nicht satt sehen an dieser Frau. Die ihren wunderschönen weißen Körper seinen Lippen, seinen Händen und seinem Schwanz anvertraut hatte. Die sich ihm vollkommen hingegeben hatte.

Endlich kam sie zur Ruhe und lag nun still und zufrieden neben ihm. Ein glückliches Lächeln umspielte ihre wollüstigen Lippen, die noch vor ein paar Minuten so wunderbar an seinem Schwanz gesaugt und ihn verwöhnt hatten.

„Jetzt darfst du deine Faust aus mir herausziehen, Chris. Aber bitte langsam und bitte als Faust. Nicht deine Finger öffnen. Ich mag dieses ungeheure Dehnungsgefühl am Eingang meiner Scheide."

Chris drehte sich herum und zog langsam, so wie sie es wünschte, seinen Arm aus ihrer Vagina. Ein wenig zögerlich machte er sich anschließend daran, seine ganze geballte Faust aus ihrer engen Öffnung herauszubekommen.

„Langsam, Chris, nicht so schnell, langsam."

Margarets Augen waren weit aufgerissen und ihre Beine, immer noch weit gespreizt, hatte sie neben ihr Becken gestellt, so, als ob sie nur auf den Schmerz, der unweigerlich kommen musste, wartete. Chris verging fast der Atem vor dem Anblick, den sie ihm bot. Ihre Schamlippen, etwas geöffnet durch ihre gespreizten Beine und der Kitzler, der sich wieder beruhigt hatte und nun erschlafft am oberen Ende ihrer Schamlippen ein wenig zu sehen war. Der Anblick faszinierte ihn so, dass er vergaß, seine Faust aus ihr heraus zu ziehen.

„Worauf wartest du, Chris? Zieh die Faust heraus!"

Margarets Stimme war erregt. Sie wartete auf dieses Gefühl der ungeheuren Dehnung, das sie gleichzeitig erregte und mit Schmerz erfüllte. Mit einem Schmerz, der ihr ungeheure Wollust bescherte. So zog Chris weiter, und als seine Faust fast zur Hälfte aus ihrer engen Öffnung heraus war, schrie Margaret laut auf, was Chris veranlasste, seine Faust sofort wieder tief in sie hinein zu schieben.

„Nicht aufhören, Chris, nicht aufhören!"

schrie sie und warf ihren Kopf hin und her.

„Du musst weiter machen, auch wenn ich schreie, Chris. Das sind keine Schreie der Schmerzen, sondern der Lust. Bitte mach weiter und höre bloß nicht auf. Und mach noch langsamer, damit ich dieses ungeheure Gefühl so lange wie möglich spüren kann."

Chris zog erneut seinen Arm so weit hinaus, bis seine Faust an der engen Öffnung angekommen war. Dann bewegte er sie so langsam, wie er nur konnte, heraus. Er ignorierte ihre Lustschreie und brachte es sogar fertig, seine Faust eine Weile dort stecken zu lassen. Es war etwas schwierig, und sie drohte immer wieder in die Vagina zurück zu gleiten, da Margaret ihr Becken hin und her bewegte und vor und zurück stieß. Fasziniert und zugleich erschreckt erlebte er, wie sie von einer Schmerzenswelle in die andere hinein katapultiert wurde und es sichtlich genoss. Wie lange er seine Faust in dieser Stellung ließ, konnte er nicht mehr sagen. Es war, als ob sie nicht genug davon bekommen konnte. Als er begann, seine Faust etwas zu drehen und hin und her zu bewegen, wurden ihre Augen glasig, sie sah ihn an, als ob sie gleich anfangen würde, auf ihn loszugehen, um sich dann mit einem Ruck ihres Beckens nach hinten von seiner Faust zu befreien.

Schwer atmend lag sie neben Chris, während dieser mit größter Überraschung beobachtete, wie schnell sich das eben noch weit geöffnete Loch ihrer Scheide zusammenzog und so das Innere ihrer Vagina vor seinen Augen verbarg.

„Du warst fantastisch, Chris. Du warst gut. Ich möchte jetzt alleine sein. Würdest du jetzt bitte gehen?"

Als Chris sich nach unten beugte, um Margaret einen kurzen Kuss auf ihre Lippen zu geben, wich sie aus.

„Bitte geh, Chris. Ich möchte jetzt ein wenig allein sein."

„Bis heute Abend, Margaret."

Vorsichtig öffnete er die Tür zum Flur und blickte hinaus. Als er sicher war, dass niemand zu sehen war, schlüpfte er aus dem Zimmer, schloss die Tür leise hinter sich und ging so schnell er konnte in sein Zimmer. Lange dachte er an das soeben Erlebte. Immer wieder musste er an den Anblick der weiblichen Nacktheit seiner Gespielin denken. Sie war eine wundervolle Frau mit einem wunderschönen Körper und einem liebreizenden Gesicht.

,Ob sie ihn wieder zu sich in ihr Schlafzimmer einladen würde'?

Mit diesen Gedanken schlief Chris ein und träumte davon, zwischen ihren Beinen zu liegen und ihren Duft einzuatmen.

Kapital 11

Es vergingen zwei Tage, in denen Chris Margaret nicht sah. Es war, als ob sie das Schloss verlassen hätte. Er traute sich nicht, nach ihr zu fragen, warum wusste er selbst nicht. Das Wetter hatte sich noch nicht beruhigt, denn immer noch fegten Stürme und Regen vom Meer her über das Land. Morgens frühstückte er alleine und wanderte anschließend durch das Schloss. Ab und zu setzte er sich ins Turmzimmer, um die gewaltigen Wellen des Meeres zu bestaunen. Auch mittags aß er alleine in seinem Zimmer, da Matthew mit seiner Verlobten und deren Eltern beschäftigt war. Abends aßen sie zwar zusammen, aber er nahm kaum an den Gesprächen teil, da er meistens nicht wusste, um was es ging.
Aus der riesigen Bibliothek hatte er sich einige Bücher genommen und las sie in seinem Zimmer.

Als er am dritten Tag aufwachte, schien die Sonne. Sofort fühlte er sich besser, denn es bedeutete, dass er aus dem Schloss heraus kam. Wieder schwimmen gehen konnte oder ausreiten. An diesem Morgen servierte ihm Debbie das Frühstück.
„Wo ist Margaret?"
fragte er sie sofort. Debbie sah ihn einen Moment an und antwortete nur zögernd.
„Sie fühlte sich nicht so gut und blieb deshalb die ganze Zeit auf ihrem Zimmer."
„Das tut mir leid, Debbie. Sagen Sie ihr bitte, dass ich sie gerne einmal besuchen würde."
„Ja, Mr. Chris. Ich werde es ihr ausrichten. Ach, übrigens, Mr. Chris. Heute Abend findet wieder ein

Treffen in der Folterkammer statt. Ich sollte Ihnen doch Bescheid geben."

„Vielen Dank, Debbie, dass Sie es mir gesagt haben. Um wie viel Uhr wird es anfangen?"

„Ich werde Sie abholen, Mr. Chris, wenn es Ihnen recht ist."

„Gerne, Debbie. Ich werde heute Abend auf dich warten."

Nun kreisten seine Gedanken um den heutigen Abend.

‚Ob die junge Frau immer noch ihren eisernen Gürtel trug?'

Nun, heute Abend würde er es erfahren. Um die Wartezeit etwas zu verkürzen, zog er sich seine Badehose an, warf sich ein Handtuch über die Schultern und wanderte hinunter zum Strand. Einige der Diener des Schlosses waren damit beschäftigt, ihn von Strandgut zu befreien, das der Sturm angeweht hatte. Heute waren die Wellen ruhig, und die Sonne erwärmte die Natur.

Nachdem er ausgiebig geschwommen hatte, legte sich Chris auf sein Badetuch und las aus einem mitgebrachten Buch. Schnell vergingen die Stunden, und erst als sein Körper ihm signalisierte, dass er großen Hunger verspürte, begab er sich zurück ins Schloss. Aber es vergingen noch quälend langsame Stunden, bis Debbie an seine Tür klopfte, um ihn abzuholen und in den Keller zu führen.

Als sie im Nebenraum der Folterkammer angekommen waren, waren die Bilder, die die Sicht behinderten, schon abgenommen worden, und man konnte ungehindert in den Raum nebenan sehen. Dort befanden sich acht Menschen in langen Kutten. Unter ihnen Mylord.

Dieses Mal hatten die Kutten durchnummerierte Zahlen auf dem Rücken. Das bedeutete, dass nicht nur Paare ausgesucht wurden, um miteinander Sexspiele auszuleben. Nur Mylord trug, genau wie beim letzten Mal, keine Nummer auf seinem Rücken.

Die junge Frau mit dem Keuschheitsgürtel war auch dabei. Unruhig trippelte sie von einem Fuß auf den anderen, und Mylord sah sie mehrfach strafend an. Debbie öffnete eine kleine Lüftungsklappe, die Chris zuvor noch nicht gesehen hatte. Dadurch konnten sie jetzt sogar zuhören, was Mylord zu sagen hatte. Außerdem konnte man so auch an der Wollust der beteiligten Menschen teilhaben, sie nicht nur sehen, sondern auch hören.

Chris bemerkte, dass das mechanische Pferd an diesem Abend mit zwei Dildos bestückt war. Dicht nebeneinander ragten sie aus dem Pferderücken hervor. Der erste der beiden Dildos ragte hoch hinauf, er war ziemlich groß und sehr dick. Seine Eichel war riesig, während der hintere kürzer und nicht so dick war. Gerade als Chris sich die beiden Dildos genauer angesehen hatte, begannen sie zu vibrieren. Immer kräftiger rotierten sie vor den Augen der acht Menschen in dem Raum. Einige von ihnen stöhnten laut auf. Die Frau mit dem eisernen Gürtel trug heute Abend die Nummer sechs. Sie drängte sich nach vorne und bettelte:
„Bitte, Mylord, bitte nehmen Sie mir zuerst meinen Gürtel ab, bitte, Mylord."
Doch Mylord ignorierte sie und begab sich stattdessen zu einer gläsernen Schale, in der sich Kugeln mit Zahlen befanden.

„Wir werden nun die erste Kugel ziehen."

Mit diesen Worten griff er in die Schale und begann, die Kugeln darin hin und her zu schieben, um dann eine davon hoch zu heben. Es war die Nummer acht, und es war eine der Frauen, die die Nummer acht auf ihrer Kutte trug. Glücklich lächelnd begab diese sich zu dem Pferd.

Mylord deutete mit seinem Zeigefinger auf zwei Männer, die sich sofort neben Nummer acht stellten.

Schnell hoben die Männer die Kutte von Nummer acht hoch und zogen sie ihr über den Kopf. Ein anerkennendes Raunen füllte den Raum, und auch Chris erkannte, dass diese Frau einen wunderschönen Körper besaß. Ebenmäßige lange Beine und wunderschöne Brüste, deren Nippel bereits hart waren. Chris fühlte, wie sein Schwanz sich regte. Auch ihm gefiel diese nackte Schönheit. Ihre Schamhaare waren genau so rot wie die Haare auf ihrem Kopf. Chris konnte nicht verhindern, dass er leise aufstöhnte. Debbie bedeutete ihm sofort leise zu sein, denn durch die Lüftungsklappen konnten sie nicht nur mithören, was im Nebenraum gesprochen wurde, sie konnten auch selbst im Nebenraum gehört werden.

Die beiden Männer umgriffen jeweils einen Oberschenkel der Frau mit der Nummer acht und hoben sie so in die Höhe. Mylord trat nun nahe an sie heran und beugte sich direkt über ihre Fotze. Es schien ihm zu gefallen, was ihre gespreizten Beine preisgaben. Vorsichtig befühlte er ihre Vagina, indem er seinen Mittelfinger in sie hineinsteckte. Die junge Frau lehnte sich etwas zurück und wäre fast heruntergefallen, doch die beiden Männer, die ihre Oberschenkel festhielten, fingen sie mit ihren beiden freien Armen ab. So lag ihre nackte Scham direkt vor Mylords Gesicht.

„Gibt mir den Vaseline Dildo."

Sofort griff einer der Männer zu den verschiedenen Dildos, die auf einem kleinen Tisch standen und übergab einen davon an Mylord. Er glitzerte und man konnte erkennen, dass er dick mit Vaseline eingerieben war.

Mylord drehte sich wieder zu der Frau mit der Nummer acht und begann langsam, diesen Dildo in ihren Arsch zu schieben. Er war nicht gerade klein, aber doch nicht so groß, wie der kleinere auf dem Pferd.

Tief drückte er ihn in ihren Arsch, und die Männer hatten Mühe, sie festzuhalten. Ihr Körper zuckte hin und her und wollte sich der Dehnung, die der Dildo in ihrem Arsch verursachte, entziehen. Doch Mylord hatte kein Erbarmen. Sowie er ihn tief in sie hinein gestoßen hatte, fickte er sie damit. An den Kutten der Männer konnte Chris erkennen, wie erregend dieser Anblick für sie war. Aber nicht nur für die Männer im Nebenraum, auch sein eigener Schwanz reagierte auf diesen erregenden Anblick und wurde hart und steif.

Dann, plötzlich und ohne Vorwarnung, zog Mylord den Dildo aus ihr heraus. Er machte ein Zeichen, und eine der Frauen begann, den kürzeren, dafür aber umso dickeren der Dildos auf dem Pferd mit Vaseline einzureiben. Sowie sie damit fertig war, hoben die Männer Nummer acht hoch und setzten sie langsam auf die beiden Dildos. Die Eichel des größeren der beiden Dildos verschwand als erste in ihrer Scheide. Sie klammerte sich an den Schultern der Männer fest, und ihre Augen glänzten. Ganz langsam ließ man sie herab, bis sie auch die Eichel des dickeren Dildos in ihr Arschloch aufgenommen hatte und nun auf dem Pferd saß.

Wie schon in der Woche zuvor ließ Mylord mit einer Fernbedienung Halteseile herab, an denen sich die Frau festhalten konnte. Die beiden Männer, die sie bis dahin festgehalten hatte, traten zurück. Dann schaltete er die Dildos ein, und sie begannen gleichzeitig, in ihrer Vagina und tief in ihrem Arsch zu rotieren. Nummer acht stöhnte auf, ihr Körper bewegte sich hin und her, und man konnte erkennen, wie stark sie von innen massiert wurde. Ihr Stöhnen wurde umso intensiver, je kräftiger Mylord die Dildos in ihr vibrieren ließ.

Dann gab Mylord einem der Männer ein Zeichen, und dieser trat neben das Pferd. Langsam begannen seine Finger ihre Schamlippen zu teilen, um an ihren Kitzler zu kommen. Nummer acht konnte ihm dabei nicht helfen, denn ihre Beine hingen von Pferd herunter, und sie saß richtig fest auf ihren beiden vibrierenden Spielzeugen.

Endlich hatten seine Finger ihre Klitoris erreicht und er rieb sie sanft. Die junge Frau schloss ihre Augen und begann zu stöhnen. In diesem Moment erhöhte Mylord die Vibrierintensität der Dildos, und sie schrie leise auf. Immer heftiger rieb der Mann neben ihr ihren Kitzler zwischen seinen Fingern, und immer heftiger fickten sie die Dildos in ihr. Als sich ihr Körper krümmte und sie fast vom Pferd gefallen wäre, erkannte Chris, dass sie gerade einen multiplen Orgasmus erlebte. Erst als sie von zwei anderen Männern gestützt wurde, ließ sie ihm freien Lauf und schrie ihre Wollust heraus.

Nicht nur der Schwanz von Chris schnellte in diesem Moment empor. Auch alle anderen Männer unter den Kutten hatten Mühe, nicht abzuspritzen. Der Körper der Frau auf dem Pferd war mittlerweile ganz in sich zusammen gesunken, und die Männer hoben sie herab und legten sie auf die hölzerne Bank an der Wand. Ein glückliches Lächeln umspielte ihre Lippen und zeigte an, dass sie den Ritt auf dem Pferd und die Finger an ihrem Kitzler genossen hatte.

Wieder stand die junge Frau mit dem eisernen Gürtel, die heute Abend die Nummer sechs auf ihrer Kutte trug, neben Mylord und bettelte darum, endlich von ihm befreit zu werden.

„Bitte, Mylord, bitte beenden Sie meine Bestrafung. Ich tue alles für Sie, Mylord, wirklich alles, aber bitte befreien Sie mich von diesem Gürtel."

Und Mylord hatte endlich ein Einsehen.

„Ziehen Sie Ihre Kutte aus und setzen Sie sich auf den Lehnstuhl und breiten Sie ihre Beine auf den Lehnen aus."

„Ja, Mylord, vielen Dank Mylord."

Sie begab sich zu dem Lehnstuhl, zog ihre Kutte über den Kopf und setzte sich vorsichtig hinein. Dann legte sie jedes ihrer Beine über die Lehnen rechts und links des Stuhles.

„Weiter nach vorne rutschen, ja, so ist es gut."

Mit weit gespreizten Beinen, ihren Hintern an der Kante der Sitzfläche, bot sie sich den anderen dar. Mylord befühlte ihre stählerne Binde und nickte. Er schien sehr zufrieden zu sein und holte sich den Schlüssel, mit dem er den Gürtel aufschließen konnte. Dann löste er ihn selbst von ihrer Taille und zog ihn hinunter. Endlich davon befreit, stöhnte sie laut auf. Mylord nickte zwei Frauen zu, die sofort mit einer Kanne voll kaltem Wasser hinzukamen, und ihre weibliche Nacktheit damit begossen.

Laut schrie sie auf und wollte aufstehen, aber zwei Männer drückten sie wieder in den Stuhl und hielten sie dort solange fest, bis die volle Kanne auf ihrer Scham ausgeschüttet worden war. Dann bedeutete ihr Mylord, dass sie aufstehen sollte, damit er ihr den Gürtel ganz ausziehen konnte. Endlich davon befreit, strahlten ihre Augen, und Chris erkannte, wie schön sie dadurch aussah.

Wieder begab sich Mylord zu der gläsernen Schale und zog eine Kugel. Es war die Nummer drei und fiel erneut auf eine der Frauen. Alle anderen traten einen Schritt zurück, und Mylord zeigte auf das große, runde, hölzerne Bett. Chris sah, wie enttäuscht Nummer sechs war. Gerade hatte man ihr den eisernen Gürtel abgenommen, und sie hatte wahrscheinlich gehofft, nun mit einem Mann spielen zu dürfen. Stattdessen wurde ihr eine weibliche Gespielin zugeteilt.

Alle versammelten sich um das Bett, und Nummer sechs zog langsam die Kutte über den Kopf von Nummer drei. Ein leichtes Stöhnen ging durch den Raum, denn Nummer drei war massig. Riesige Brüste und dicke Beine. Auch ihr Bauch war fett und hing hinunter und versteckte so ihre Scham. Nicht nur Chris ekelte sich etwas vor diesem Anblick. Vorsichtig kroch sie auf allen vieren auf das Bett und bot so ihr Hinterteil dar. Ebenso massig wie der restliche Körper.

Auf ein Zeichen von Mylord knieten sich zwei Männer neben sie auf das Bett und zogen ihre dicken Arschbacken auseinander. Die beiden dunklen Löcher dazwischen waren nun deutlich zu sehen.

„Leck sie,"

forderte Mylord nun Nummer sechs auf. Etwas angeekelt sah Nummer sechs zu ihm hin.

„Sagten Sie nicht eben, dass Sie alles für mich tun würden? Nun, ich möchte, dass Sie Nummer drei

bis zum Orgasmus lecken. Bitte fangen Sie an, oder soll ich Sie noch einmal bestrafen?"
„Nein, Mylord, bitte keine neue Bestrafung."

Langsam kroch Nummer sechs hinter den Körper von Nummer drei, bis ihr Kopf genau vor ihrem Hintern und ihrer Scham war. Vorsichtig erforschten ihre Finger den Raum zwischen ihren Schamhaaren, als sich eine der anderen Frauen beschwerte:
„Mylord, ich sehe nichts. Kann sich Nummer drei nicht auf den Rücken legen, damit wir alle es besser beobachten können?"
„Ja, Sie haben recht. Nummer drei, legen Sie Sich auf den Rücken."
Nummer sechs rutschte etwas zurück, und schwerfällig begann Nummer drei, sich auf den Rücken zu drehen. Nachdem sie es schwer atmend geschafft hatte, bedeutete Mylord den beiden, immer noch bereitstehenden Männern, ihre Beine so weit sie konnten, anzuheben. Dann ließ er von der Decke an einer Kette befestigte Ledermanschetten herab. Umständlich wurden die Füße von Nummer drei darin befestigt und hochgezogen. Dann spreizte Mylord sie mit seiner Fernbedienung. Doch egal wie weit er sie spreizte, ihre Beine waren so fett, dass sie die weibliche Scham dazwischen kaum preisgaben.

Nummer sechs kniete sich nun rücklings über das Gesicht von Nummer drei und öffnete ihre Beine weit, damit Nummer drei unter ihr ihre Geschlechtsteile bewundern konnte. Flink stieß Nummer drei ihre große Zunge tief in die Vagina von Nummer sechs und umschlang ihren Hintern und drückte sie zu sich hinunter. Die anwesenden Zuschauer stöhnten laut auf, die Männer hatten

166

erneut Mühe, ihre Schwänze unter Kontrolle zu halten. Auch Chris musste aufpassen, damit er nicht abspritzte. Mylord hatte unterdessen einen Mechanismus in Gang gesetzt, der dafür sorgte, dass sich das Bett langsam drehte und allen Umstehenden freien Blick gewährte. Natürlich auch Chris und Debbie in ihrem Versteck.

Nummer sechs hatte es mittlerweile geschafft, zwischen die Beine von Nummer drei zu gelangen. Mit beiden Händen zog sie ihre riesige Scham auseinander und offenbarte auch dort große Schamlippen. Wieder ging ein lautes Raunen durch den Raum. Laut schlürfend leckte Nummer sechs an diesen Lippen und vergaß auch nicht die beiden kleineren dazwischen. Der Kitzler war so groß, wie Chris noch nie einen Kitzler gesehen hatte. Begierig saugte Nummer sechs daran und stieß drei Finger in die dunkle, vor Feuchtigkeit triefende Fotze von Nummer drei. Gleichzeitig stieß Nummer drei einige ihrer Finger in die über ihr liegende Fotze von Nummer sechs. So saugten sich die beiden Frauen und fickten sich mit ihren Fingern. Dann zog Nummer drei ihre Finger aus der Fotze von Nummer sechs, und ganz langsam und unter Aufstöhnen von Nummer sechs, bohrte sie vier Finger ihrer großen Hand tief in ihre Vagina. Nummer sechs bäumte sich auf und wollte den Fingern entkommen, doch die Männer hielten sie fest.

So, als ob Nummer sechs jetzt Nummer drei für den Dehnungsschmerz, den diese ihr zufügte, bestrafen wollte, zog sie ihre Finger aus deren Fotze, legte ihren Daumen in die Innenfläche ihrer Hand und stieß ihre ganze Hand so fest sie konnte in die Vagina von Nummer drei. Nun versuchte

Nummer drei sich aufzubäumen und stöhnte laut auf. Auch die Zuschauer traten vor Erregung von einem Fuß auf den anderen. Einige seufzten und andere stöhnten dabei.

Dann gab Mylord ein Zeichen und alle, außer Mylord, zogen sich ihre Kutten über den Kopf und beobachteten die Szene völlig nackt. Mylord betrachtete sie genau und gab dann erneut ein Zeichen, woraufhin zwei Männer unvermittelt die junge Frau mit der Nummer sechs hochhoben und wieder auf den Boden stellten.

„Mylord, bitte, Mylord, warum? Ich war kurz vor einem Höhepunkt, Mylord!"

Wütend schrie Nummer sechs ihre ohnmächtige Erregung heraus.

„Wenn du weiter so schreist, wirst du auch heute Abend ohne Orgasmus nach Hause gehen müssen und bekommst wieder einen Gürtel umgelegt."

Sofort war Nummer sechs still.

Mylord rief alle Männer zu sich und betrachtete sie genau. Vor einem sehr schlanken Mann mit einem dünnen, aber extrem langen Schwanz blieb er stehen und nickte. Daraufhin verteilten sich die anderen wieder um das Bett, auf dem immer noch die dicke Frau mit ihren gespreizten Beinen in Ledermanschetten lag.

„Fick sie, fick sie richtig durch. Dein Schwanz wird es schaffen, tief in sie hineinzudringen."

„Ja, Mylord, vielen Dank, Mylord."

Mit diesen Worten kniete sich der eher schmächtige Mann vor das massige Weib auf dem Bett und versuchte, seinen dünnen Schwanz zwischen den mächtigen Wölbungen zu versenken. Nachdem er ihn tief in sie eingeführt hatte, begann er sie zu ficken. Tief und heftig stieß er seinen Schwanz in ihre Vagina. Dann gab

Mylord wieder ein Zeichen, und Nummer sechs kletterte auf Nummer drei und ging mit ihren Fingern auf die Suche nach dem Kitzler der Frau, die unter ihr lag. Gemeinsam mit dem dünnen Mann, der die Nummer zwei auf seiner Kutte hatte, fickte sie die fette Frau, indem sie ihren Kitzler mit ihren Fingern massierte, bis diese einen lauten Schrei ausstieß und sich derart aufbäumte, dass Nummer sechs von ihr herunterrollte. Im selben Moment, als Nummer drei ihren Orgasmus heraus schrie, stöhnte auch Nummer zwei auf und entlud sich tief in ihrer Fotze.

Man konnte erkennen, dass die umstehenden Männer kaum noch wussten, wie sie ihre Schwänze bändigen sollten.
„Nummer sechs, hol dir deine Befriedigung."
Unter lautem Gestöhne der umstehenden Zuschauer kniete sich Nummer sechs wieder über das Gesicht von Nummer drei. Ihr eigenes Gesicht war direkt über der gespreizten Scham von Nummer drei. Wieder drückte sie ihre ganze Hand in die Fotze unter ihr, und auch Nummer drei drückte so viele Finger sie konnte, in die über ihr liegende Vagina. Dann begannen sie, sich gegenseitig zu befriedigen. Immer heftiger wurden die Bewegungen der Finger in den Körpern, und immer heftiger saugten sie an ihren Kitzlern. Nummer drei hatte es geschafft und zwei der Finger ihrer anderen Hand in die dunkle Höhle des Arsches über ihrem Gesicht gerammt. So fickte sie Nummer sechs mit ihrem Mund und Fingern ihrer beiden Hände. Es dauerte nicht lange, und Nummer sechs spritzte ihre Liebestropfen in den Mund von Nummer drei. Für einen Moment ließ sie den Kitzler von Nummer drei los und schrie ihren Orgasmus heraus.

Doch sofort stieß sie ihren Kopf wieder zwischen die wulstigen Beine von Nummer drei und saugte gierig an deren Kitzler bis auch sie mit einem befreienden Schrei ihren Orgasmus herausließ. Erschöpft bleiben beide Frauen eine Weile liegen, und die Zuschauer hatten Zeit, ihre eigene Erregung etwas zu dämpfen.

Chris konnte erkennen, dass Mylord schwitzte und dass sein Schwanz unter der Kutte zuckte. Genau wie sein eigener in seiner Hose. Debbie sah ihn fragend an, und er nickte ihr zu. Sofort ging sie vor ihm in die Hocke, öffnete seinen Gürtel und den Knopf seiner Hose, zog langsam den Reißverschluss hinunter und bemächtigte sich seines Schwanzes. Chris konnte erkennen, dass sie zwischen ihren etwas gespreizten Beinen feucht war und drückte sie nach hinten. Er ließ seine Hose hinunter fallen und stieg aus ihr heraus. Debbie lag nun vor ihm und sah ihm zu, wie er sich entkleidete. Dann kniete sich Chris über ihr Gesicht und ließ seinen Schwanz in ihren bereitwillig geöffneten Mund gleiten. Dankbar nahm sie ihn auf und begann sofort, daran zu saugen.
„Langsam, Debbie, nicht so schnell,"
stöhnte Chris auf und drückte seinen Kopf in ihre Scham. Überwältigt von ihrem Geruch begann er, an ihrem Kitzler zu saugen. Hart und unerbittlich forderte er ihn so auf, ihm seine köstlichen Tröpfchen in den Mund zu spritzen. Auch Debbie saugte fordernd an seiner Eichel und massierte mit ihren Händen seinen wulstigen Schwanz. Es dauerte nicht lange, und beide kamen gleichzeitig. Spritzten sich gegenseitig ihre köstlichen Liebestropfen in den Mund und bäumten ihre Körper dabei lustvoll auf.

Es dauerte eine Weile, bis sich beide Körper beruhigt hatten und sie wieder durch den Spiegel ins Nebenzimmer blickten. In der Zwischenzeit hatten sich Paare gebildet, die es miteinander trieben, und Mylord schritt zwischen den einzelnen hin und her und beobachtete sie genau. Ab und zu streichelte er seinen Schwanz unter seiner Kutte. Ein Pärchen hatte es ihm besonders angetan. Die Frau saß mit weit gespreizten Beinen auf dem Lehnstuhl, auf dem Mylord Nummer sechs den eisernen Gürtel herunter gezogen hatte. Ihr Partner hatte sich zu ihr hinunter gebeugt und fickte sie hart in ihre dunkle, feuchte Höhle.

Mylord schien Gefallen an dem knackigen Hintern des Mannes, der zuvor die Nummer zwei auf seiner Kutte getragen hatte, gefunden zu haben. Hastig zog er seine Kutter über den Kopf und warf sie auf den Boden. Dann strich er sich fast liebevoll Vaseline auf seinen eigenen Schwanz und stellte sich hinter den Mann, der ihn in seiner Erregung überhaupt nicht wahrnahm. Erst als Mylord zärtlich seine beiden Arschbacken streichelte und auseinander zog, blickte er etwas erstaunt nach hinten. Lächelte aber sofort und bückte sich noch etwas nach vorne, damit es für Mylord leichter wäre, ihn in seinen Arsch zu ficken. Was Mylord auch sofort tat. Ganz langsam und vorsichtig setzte er seinen Schwanz an das dunkle, von vielen Runzeln umsäumte Loch des Arsches vor ihm und drückte seinen Schwanz hinein. Der junge Mann bäumte sich etwas auf und drückte so seinen eigenen Schwanz ganz tief in die Fotze der Frau vor ihm. Die junge Frau schrie kurz auf, um aber sofort wieder lustvoll zu stöhnen.

Ganz langsam drückte Mylord seinen hart geschwollenen Schwanz in den Arsch des Mannes. Seine Hände umklammerten dabei die Oberschenkel von Nummer zwei, damit er ihm nicht entkommen konnte. Erst als er seinen Penis tief in ihm stecken hatte, begann er, ihn zu ficken. Mit großen harten Stößen, tief in ihn hinein, und mit jedem Stoß drückte er auch den Schwanz des Mannes tief in die Fotze der Frau unter ihnen.

Sie kamen fast gleichzeitig und stöhnten ihre Lust laut hinaus. Mittlerweile hatten sich andere Paare um sie herum gestellt und ihnen zugesehen. Erst zog Mylord seinen nun etwas erschlafften Schwanz aus dem Hintern von Nummer zwei und trat zurück. Dann zog auch Nummer zwei seinen leeren Schwanz aus der feuchten Höhle der Frau unter sich und steckte ihn in ihren erwartungsvoll geöffneten Mund. Zärtlich leckte sie ihn, legte dabei ihre Hände um seine Hüften und drückte ihn näher zu sich heran. So nahm sie seinen Schwanz fast ganz in ihren Mund auf.

Chris hörte Debbie neben sich flüstern.
„Sie sind schon seit langem ein Paar."
„Und sie scheinen sich wirklich zu lieben,"
überlegte Chris laut.
„Ja, das stimmt."
‚Aber warum liebten sie sich dann öffentlich?'
dachte er sich.
‚Wäre es nicht viel schöner, zu zweit in einem intimen Raum?'
Er selbst könnte es sich niemals vorstellen, mit Judy öffentlich Sex zu haben. Sie war ihm einfach zu wertvoll und würde sie nie gierigen, geilen Augen von lüsternen Männern und Frauen aussetzen. Doch Chris wollte nicht weiter darüber

nachdenken, denn die Paare im Nebenzimmer schienen noch lange nicht befriedigt.

Die etwas aus den Fugen geratene Frau mit der Nummer drei hatte sich zu einem Mann gesellt, dessen Schwanz eine riesige Eichel besaß. Zärtlich leckte sie daran und züngelte in seiner kleinen Spalte und brachte es so fertig, dass er hart und noch größer wurde. Sie zog ihn an seinem Schwanz quer durch den Raum, bis sie vor dem Gestell angekommen waren, in das ihr Gesicht und ihre Hände eingeklemmt wurden. Ihr massiger Hintern lag dabei über einem Holzbalken, und ihre Füße wurden in Ledermanschetten geschnallt und so weit wie nur möglich auseinandergezogen. Stöhnend lag sie da, bereit, den riesigen Schwanz in ihrem riesigen Hintern aufzunehmen.
Alleine schaffte es Nummer vier, der Mann mit der riesigen Eichel an seinem Schwanz, nicht, in ihre dunkle Höhle einzudringen. Er benötige zwei Männer, die für ihn die dicken Arschbacken auseinander zogen, damit er seine Eichel an die Öffnung ihres Arsches platzieren konnte. Doch schnell trat er wieder zurück und begab sich vor das Gesicht der Frau. Bereitwillig öffnete sie ihren großen Mund und leckte seine Eichel ab. Er schob sie etwas tiefer hinein, und sie lutschte sie ausgiebig und saugte heftig daran.

Schwer atmend zog Nummer vier seinen Schwanz wieder aus ihrem Mund und stellte sich erneut vor ihren Hintern. Langsam drückte er nun seine feuchte Eichel an ihr dunkles Loch und die Männer, die daneben standen, versuchten, die beiden Arschbacken noch etwas mehr auseinander zu ziehen. Ein Zittern durchlief den massigen Körper der Frau, als er seine Eichel in sie hinein drückte.

Als sie zu Hälfte in dem engen Loch steckte, stieß sie einen Schrei aus, und ihr Hinterteil wollte sich aufbäumen, doch die Männer hielten sie fest, bis die Eichel in ihrem Arsch verschwunden war. Ein dankbares Aufstöhnen folgte aus ihrem Mund. Die Augen des Mannes glänzten, und je tiefer sein Schwanz in ihrem Arsch verschwand, umso lauter stöhnten die Zuschauer um sie herum.

„Fick mich, los, mach schon, fick mich in meinen Arsch, fest und tief, los."

Fast unwillig forderte Nummer drei ihn auf, sie endlich zu ficken. Und Nummer vier tat es. Stieß seinen Schwanz immer wieder tief in ihren Arsch. So tief, dass Chris fast glaubte, er wollte seine Eier noch mit in sie hinein drücken.

Nummer drei genoss es, ihre Augen glänzten und ihr Kopf schaukelte hin und her. Je wilder der Schwanz in ihr tobte, desto mehr gefiel es Nummer drei.

„Spritz ab, spritz deinen Saft in mich hinein, ja, gib es mir, ja, fester, so, ja!"

Und Nummer vier tat, was sie verlangte. Mit einem Aufbäumen seines Körpers ejakulierte er sein Sperma tief in ihren Hintern und krallte sich dabei in ihre Arschbacken, bis sie rot anliefen.

Als Chris sich nach den Zuschauern umsah, bemerkte er in diesem Moment, wie die junge Frau, die eine Woche lang die eiserne Binde tragen musste, vor Mylord kniete und ihn oral befriedigte. Seinen Schwanz mit ihren Händen massierte und seine Eichel tief in ihrem Mund hatte. An ihren Wangen konnte er sehen, wie heftig sie daran saugte. Mylord sah zu ihr hinunter und streichelte ihr sanft über ihren Kopf. Die junge Frau sah ihm dabei in seine Augen und saugte noch heftiger. Seine Eier lagen in ihrer anderen Hand und wurden von ihr massiert. Zärtlich ging sie mit ihnen um, so als ob sie wüsste, was für ein kostbares Gut sie beinhalteten.

Nummer sechs musste nicht lange an seiner Eichel saugen, denn kaum hatte Chris die beiden bemerkt, spritzte Mylord ab, tief in den Mund von Nummer sechs. Diese schluckte heftig und nahm seinen Samen tief in sich auf. Fast zärtlich leckte sie den Schwanz anschließend ab, so, als wollte sie ihn nicht mehr los lassen.

Doch ihrem Mann schien das nicht zu gefallen. Als Mylord sich von ihr weg gedreht hatte, zog er sie zitternd hoch und trug sie zu einem Holzgestell an die Wand. Es sah aus wie ein großes X. Zuerst band er ihre Hände fest und dann ihre Beine, sodass sie selbst wie ein großes X an der Wand hing. Dann schob er den kleinen Wagen mit den verschiedenen Sexspielzeugen zu ihr und schien zu überlegen, wie er sie am besten bestrafen konnte. Die anderen Teilnehmer gruppierten sich um sie und warteten darauf, was er mit ihr machen würde.

„Warum wird immer sie bestraft?"
fragte Chris Debbie.
„Weil sie darauf steht,"
antwortete Debbie leise.
Doch dann schien ihr Mann es sich anders überlegt zu haben. Mit der Hilfe eines anderen Mannes band er sie los und führte sie zu dem Pferd, das zwischenzeitlich in einen gynäkologischen Stuhl verwandelt worden war.

Viele der Männer bekamen erneut einen steifen Schwanz, als Nummer sechs mit weit gespreizten Beinen vor ihnen lag. Nun ergriff ihr Mann einige Spielzeuge und stellte sich neben sie. Chris erkannte, dass es Klammern waren und sah erschrocken, wie er sie auf ihre harten Brustwarzen klemmte. Nummer sechs stöhnte auf, aber der daraus resultierende Schmerz schien ihr zu gefallen. Dann begab sich ihr Mann zwischen ihre Beine und klemmte jeweils eine Klammer auf ihre dick geschwollen äußeren Schamlippen. Wieder stöhnte Nummer sechs auf, dieses Mal etwas lauter als zuvor.

Chris wurde unruhig, doch Debbie beruhigte ihn.

„Sie mag es, sie mag es wirklich."

Auf den Klemmen befanden sich kleine Öffnungen, durch die ihr Mann eine dünne Kette zog, zwischen ihren Arschbacken herum nach hinten und über ihre Schultern wieder nach vorne. So verband er die Klammern von ihren Schamlippen mit den Klammern an ihren Brustwarzen.

Dann nahm er einen der vielen unterschiedlichen Dildos und steckte ihn in ihren Mund. Heftig leckte sie an ihm, bis er ganz feucht war. Es schien Chris, als ob sie ihren Mann dabei dankbar anlächelte.

Als es ihrem Mann schien, dass der Dildo feucht genug wäre, setzte er ihn an das Loch zwischen ihren Pobacken, wobei er die Kette zur Seite schob und so an ihren Schamlippen zerrte. Nummer sechs schrie etwas auf, aber es war ein Schrei der Lust und nicht des Schmerzes. Dann führte er den nassen Dildo vorsichtig in ihren Hintern, nur ein kleiner Teil davon ragte noch heraus.

Anschließend nahm er einen anderen Dildo, wesentlich dicker und länger als der, der in ihrem Hintern steckte, und drückte ihn tief in ihre nasse Fotze. Wieder lächelte sie dankbar.

Chris konnte kaum glauben, was er da gerade beobachtete.

Nummer sechs bot ein Anblick, wie Chris es zuvor noch nie gesehen hatte. Aus ihrem Hintern ragte ein halber Dildo, in ihrer Fotze steckte noch ein Dildo, und ihre Schamlippen wurden von Klammern festgehalten.

Als Chris glaubte, dass das alles gewesen wäre, hatte er sich geirrt, denn nun schraubte ihr Mann etwas an den Dildo in ihrem Hintern und fing an, ihn aufzublasen. Langsam pumpte er ihn größer und dicker, bis sie um Einhalt bat. Doch er kümmerte sich nicht darum und pumpte ihn noch ein wenig größer. Dann schraubte er das Teil ab und setzte es an den Dildo in ihrer Fotze. Auch den pumpte er auf, bis er glaubte, dass es genug wäre. Hatte Chris geglaubt, dass sie nun darum betteln würde, endlich befreit zu werden, so hatte er sich wieder getäuscht. Ihr Mann stellte nun die Dildos so ein, dass sie auf höchster Stufe in ihr vibrierten. Mithilfe der anderen Männer band er sie los und stellte sie auf ihre Füße. In dem Moment griffen die Klammern erst richtig zu. Je gerader sie sich hinstellte, umso weiter rissen die Klammern ihre Schamlippen auseinander und ihre Brustwarzen hinunter. Auch die Dildos in ihr machten, dass ihr ganzer Körper zuckte.
Ihr Mann ergriff einen ihrer Arme und führte sie herum. Ein anderer Mann sorgte dafür, dass sie ihren Kopf hoch hielt und gerade ging. Ihre Augen glänzten, und sie ging leicht tänzelnd.

Kaum an dem Bett ankamen, verlangte ihr Mann, dass sie darauf steigen sollte. Sie stöhnte auf, als sie ihr Bein anhob, um seinem Wunsch nachzukommen. Dann ließ er sie wieder herunter steigen, und erneut stöhnte sie laut auf. Chris sah an ihren Augen, dass sie das Lustgefühl, gepaart mit dem leichten Schmerz, genoss und noch mehr wollte. So führten die Männer sie immer schneller durch den Raum, bis Mylord Einhalt gebot.

„Mylord, bitte, bitte nicht. Mylord, bitte, ich bin kurz vor einem Orgasmus, bitte Mylord."

„Das habe ich bemerkt, deshalb habe ich auch unterbrochen. Bück dich hinunter."

Vorsichtig beugte sie ihren Körper, dabei laut aufstöhnend, denn die Ketten zogen an den Klammern.

Man konnte erkennen, wie die Dildos in ihr vibrierten. Mylord hatte eine kleine Klatsche in seiner Hand und schlug zu. Schlug ihr direkt auf ihren Hintern, den sie ihm so bereitwillig hingestreckt hatte. Unter dem Schmerz der Klatsche richtete sie sich spontan auf und erzeugte so einen neuen Schmerz in ihren Brustwarzen und äußeren Schamlippen.

„Mylord, das war gut, ja, oh, Mylord."

Schnell bückte sie sich wieder vor ihn und hielt ihm ihr Hinterteil hin, das leicht gerötet war. Noch einmal schlug Mylord zu, dieses Mal heftiger als zuvor.

„Mylord,"

stöhnte sie und bäumte ihren Körper auf.

„Ja, Mylord, das ist gut."

Mylord wartete, bis der Schmerz im Körper von Nummer sechs sich etwas gelegt hatte. Freiwillig bückte sie sich erneut vor ihm, und Mylord schlug wieder zu. Dieses Mal so heftig, dass Chris die Luft anhielt.

„Ja, Mylord, oh, Mylord, das war gut, Mylord, ja, oh, gut!"

Chris konnte nicht glauben was er sah, aber Nummer sechs erlebte gerade einen gewaltigen Orgasmus und schrie ihn laut heraus. Erst als sie in sich zusammenfiel, erlöste ihr Mann sie von den

Klammern und Ketten und holte auch die Dildos aus ihren Öffnungen.

„Danke,"

flüsterte sie mit leuchtenden Augen.

„Danke. Das war gut, oh, das war so gut."

Ihr Mann hielt sie in seinen Armen und küsste sie zärtlich. Dankbar lächelte sie ihn an und streichelte sein Gesicht.

„Ich liebe dich,"

flüsterte sie innig.

„Ich liebe dich auch,"

erwiderte ihr Mann genauso innig wie seine Frau zuvor.

„Hast du genug oder willst du noch mehr?"

„Ich habe genug für heute. Wie ist es mit dir?"

„Ich will auch nicht mehr. Gehen wir nach Hause?"

Sie nickte und küsste ihn noch einmal ganz zärtlich. Dann half er ihr hoch, und beide verließen den Raum.

Auch den anderen Teilnehmern schien die Lust an weiteren Sexspielen vergangen zu sein. Sie verabschiedeten sich voneinander und verließen den Raum. Chris konnte immer noch nicht glauben, was er da gerade erlebt hatte.

„Stehst du auch auf Schmerzen?"

fragte er irritiert und sah Debbie an.

„Nein, nicht auf solche Schmerzen. Ein wenig ist in Ordnung, aber das wäre zu viel."

„Dann ist es ja gut. Komm, wir gehen auch."

Gemeinsam mit Debbie schritt er die dunklen, engen Kellerstufen hinauf. In seinem Zimmer angekommen, musste er an Judy denken und wie liebevoll sie ihn behandelte. Sehnsucht nach ihr keimte in ihm hoch, und am liebsten wäre er sofort abgereist.

Kapitel 12

Die nächsten Tage verbrachte Chris damit, die Ländereien um das Schloss herum zu erkunden. Zwar hatte er gehofft, dass Margaret und er sich häufiger treffen würden, aber nach ihrem letzten Zusammensein hatte er sie nicht mehr gesehen. Es war, als ob sie sich schämen würde, ihm unter die Augen zu treten, und es kam ihm vor, als ob sie sich vor ihm versteckte.

Dann war auch Kathleen mit ihren Eltern abgereist, und Matthew hatte wieder mehr Zeit für seinen Freund. Stundenlang ritten sie aus oder gingen zu dem kleinen Strand, um im Meer zu schwimmen und zu surfen. Es gab aber auch Tage, da war Matthew damit beschäftigt, sich mit dem Verwaltungsgeschäften des Schlosses vertraut zu machen. Sein Vater bestand darauf, denn schließlich war Matthew der Erbe des riesigen Schlosses, des Besitzes und der Ländereien. Wenn sie abends heimkehrten, sprachen sie meist über nichts anderes als über das Geschäft. Wie sehr sie dabei Mylady und Chris langweilten, schienen sie überhaupt nicht zu bemerken. Und falls sie es bemerkten, störte es sie nicht.

Chris begann, sich mehr und mehr nach Judy zu sehnen. Er vermisste sie so sehr, dass er sie fast täglich anrief, was er in der ersten Woche seines Urlaubes nicht getan hatte. Judy hatte es ihm ein wenig verübelt, aber war schnell beruhigt, als er ihr erzählte, was er mit Matthew alles erlebt hatte. Von den Sexabenteuern hatte er nichts erwähnt und nahm sich vor, es auch niemals zu tun. Er glaubte nicht, dass Judy ihm das verzeihen würde. Der

Gedanke an ihre unschuldige und liebevolle Art, mit der sie ihn befriedigte, erregte ihn und machte ihm deutlich, wie sehr er sie vermisste. Die Stunden, in denen sie sich in seinem Auto geliebt hatten, fehlten ihm, und fast wünschte er, der Urlaub wäre schon vorbei. Ihm war aber auch bewusst geworden, wie sehr er sie liebte und nahm sich fest vor, sie nach seiner Rückkehr um ihre Hand zu bitten. Nun, da er diesen Entschluss gefasst hatte, verging die Zeit bis zu seiner Heimreise noch langsamer.

‚Ob ich für ein paar Tage zu ihr reisen sollte, wenn ich zurück bin?'

Doch Chris verwarf diesen Gedanken sofort wieder. Die Angst, dass ihre Eltern sie vom College holen würden und in ein anderes College steckten, war zu groß.

‚Ob ich sie um die Hand von Judy fragen sollte?'

Doch er verwarf auch diesen Gedanken sofort, denn er befürchtete dieselbe Reaktion ihrer Eltern.

Ein paar Tage später, als er allein am Strand lag, fiel plötzlich ein Schatten über ihn. Als er aufschaute, sah er, dass es Margaret war.

„Wo warst du nur die ganze Zeit? Ich habe dich vermisst."

Margaret lächelte ihn an, sagte aber nichts, sondern setzte sich zu ihm auf die Decke, auf der er lag.

„Ich hatte schon Angst, du wärst weggefahren ohne dich von mir zu verabschieden. Würdest du das tun?"

Margaret schüttelte ihren Kopf.

„Nein, Chris. Natürlich nicht, aber ich hatte einiges zu erledigen und musste mir über ein paar Dinge klar werden. Nun geht es mir wieder besser."

Sie legte sich neben Chris und schmiegte sich an ihn. Chris wusste nicht, wie er sich ihr gegenüber verhalten sollte.

„Sollen wir schwimmen gehen, Margaret?"

„Ja, gerne Chris."

Sie zog das dünne Kleid aus, und er sah, dass sie darunter einen hautengen zweiteiligen Badeanzug trug, der ihre Figur aufreizend betonte und mehr zeigte, als versteckte.

„Wer zuletzt ins Meer springt, hat verloren."

Mit diesen Worten stand sie auf und lief dem Meer entgegen. Chris versuchte, ihr so schnell wie möglich nachzukommen, aber sie war schon im Wasser, als er noch auf das Meer zulief. Planschend warf er sich hinein und schwamm hinter ihr her. Als er sie eingeholt hatte, griff er nach ihr und öffnete dabei versehentlich das Oberteil ihres Bikinis. Als sie sich umdrehte, schwammen ihre beiden freien Brüste auf der Oberfläche des Wassers und glänzten in der Sonne.

Chris fühlte, wie eine warme Woge durch seinen Körper lief und wie sein Schwanz sekundenschnell wuchs und hart wurde. Margaret hatte noch nicht bemerkt, dass sie oben-ohne schwamm und spritzte ihm munter Wasser in sein Gesicht.

Als er nach ihr griff, hielt er eine ihrer Brüste in seiner Hand. Margaret war nur für einen Moment verwundert, ließ es aber zu, dass er sie an ihren Brüsten zu ihm hinzog. Auch sie war jetzt erregt und sah Chris mit glänzenden Augen an. Unter dem Wasser tastete seine Hand nach dem winzigen Tanga, den sie trug. Vorsichtig schob er seine Hand darunter und erforschte mit seinen Fingern ihre feuchte

Scheide. Margaret wollte sich ihm entziehen, aber es gelang ihr nicht so richtig, denn sie ging unter und kam prustend wieder hoch. Chris zog sie eng an sich und drückte seine Zunge zwischen ihre Zähne. Dieses Mal gingen sie gemeinsam unter und kamen erst wieder an die Oberfläche, als ihnen die Luft ausging.

Chris liebte es, ihren feuchten Körper fest in seinen Armen zu halten und überlegte sich, wie es wohl wäre, sie direkt hier im Wasser zu ficken. Aber er verwarf es gleich wieder, denn sie würden wahrscheinlich dabei untergehen. Stattdessen tauchte er unter und zog ihr ohne große Widerstände den Tanga aus. Kaum, dass er das Stück Stoff in seinen Händen hatte, musste er auch schon wieder auftauchen und nach Luft schnappen. Triumphierend hielt er den Tanga über seinem Kopf und warf ihn dann zum Strand, verfehlte ihn jedoch, und Margarets Höschen ging unter, genau wie das Bikini Oberteil. Gerade als Chris zu ihm schwimmen wollte, um es aus den Fluten zu retten, bemerkte er, dass Margaret getaucht war und nun ihrerseits versuchte, ihm seine Bermudashorts auszuziehen.

Nur allzu gerne ließ er es zu, verhinderte aber im letzten Moment, dass auch seine Hose mit den Fluten entschwamm, sonst hätte er nackt zum Schloss zurückkehren müssen. Er konnte sie gerade noch so erreichen und warf sie auf den Strand. Dann zog er Margaret an sich, so eng er nur konnte und genoss ihre feuchte Nacktheit an seinem nassen nackten Körper.

Ohne ein Wort zu sagen schwammen sie zurück zum Strand, liefen zur Decke und küssten sich, als ob sie sich nie mehr loslassen wollten. Tief drang seine Zunge in ihren Mund, und sie saugte heftig daran.

Seine Hände streichelten ihren Rücken und glitten langsam über ihre strammen Pobacken. Er massierten ihren Hintern stärker, was sie mit einem zustimmenden Raunen und noch stärkerem Saugen an seiner Zunge in ihrem Mund zuließ und ihm so bestätigte, dass es ihr gefiel. Von hinten versuchte er, einige seiner Finger tief in ihre Fotze zu drücken, aber sie hatte ihre Beine zusammengepresst und es gelang ihm nicht.
Fragend sah er zu ihr hinunter, seine Zunge dabei immer noch tief in ihrem Mund. Als sie seinen Blick sah, rollte sie sich auf ihren Rücken und spreizte ihre Beine leicht, so als ob sie sagen wollte:
„Nimm dir, was du willst, ich gebe dir alles."
Seine Hand glitt über ihren nackten Busen, kniff in ihre Brustwarzen, bis sie aufstöhnte und seine Zunge endlich freigab.
„Ja, Chris, das ist gut, mach weiter, ja Chris, oh."
Seine Zunge glitt zu ihrem Bauchnabel und weiter zu ihren rötlichen, gekräuselten Haare, die ihre Scham versteckten. Seine Finger verloren sich fast darin und teilten langsam ihre geschwollenen Schamlippen.

Der Duft ihrer Weiblichkeit, der den weit geöffneten Schamlippen entsprang, raubte ihm fast den Atem, und er konnte nicht anders, er musste sein ganzes Gesicht darin vergraben und an ihnen saugen und sie lecken. Margaret stöhnte laut und hob ihm ihr Becken entgegen, um ihm ihre Genitalien noch mehr entgegen zu strecken. Chris kniete sich über sie, sein Schwanz hing dabei genau über ihrem Gesicht, und sein Gesicht befand sich genau über ihrer weiblichen Scham. Weit spreizte sie ihre

Beine, und ihre Lippen wölbten sich um seine dicke Eichel, um mit ihrer Zunge die ersten Tropfen heraus zu lecken. Fast hätte Chris schon in diesem Moment abgespritzt und ihren Mund mit seinem Sperma gefüllt. Aber mit eiserner Disziplin hielt er sich zurück, doch er wusste, lange könnte er seine Ejakulation nicht mehr heraus zögern. Als er ihre Schamlippen auseinander zog und dazwischen kleinere Sandkörnchen entdeckte, versuchte er, sie mit seiner Zunge zu entfernen. Ihr Körper bäumte sich unter ihm auf, und ihre Hände massierten seinen Schwanz heftigst.

Von unten herum umfasste er ihre Oberschenkel, drückte sie so weit nach außen und gleichzeitig nach hinten. Dabei wölbte sich ihr Becken seinen Blicken entgegen. Nicht nur ihre Scham war nun weit gespreizt, auch ihre Pobacken hoben sich ihm weit auseinander gedehnt entgegen.

Gierig leckte er sie dazwischen und versuchte, seine Zunge in ihr dunkles, verschrumpeltes, enges Arschloch zu drücken, was ihm aber nicht gelang.

„Entspanne dich, Margaret, bitte, lockere dich. Lass mich deinen Arsch von innen lecken, bitte Margaret."

Margaret versuchte es, und endlich gelang es Chris, durch die kleinen, engen Runzeln hindurch zu gelangen und sie mit seiner Zunge zu verwöhnen.

Margaret stöhnte laut auf und saugte sich fest an seiner Eichel, die immer noch in ihrem Mund steckte. Chris konnte sich nicht länger zurückhalten und ließ es zu, dass ein Orgasmus Besitz von seinem Körper ergriff, ihn durchflutete und sich durch eine Ejakulation in ihrem Mund entlud.

Mit seiner Zunge immer noch in ihrem Arsch, drückte er seinen Schwanz tief in ihren Rachen und kostete die Sekunden der Erregung voll aus.

Erst als ihre Lippen und ihr Mund seinen Schwanz freigaben und sie ihren Kopf etwas zur Seite bewegte, zog er seine Zunge aus ihrem Hintern und begrub seinen Kopf wieder in ihrer Scham. Das Sperma, das er ihr zu schlucken gegeben hatte, hatte dazu geführt, dass sich der Duft dazwischen noch verstärkt hatte und Chris nicht anders konnte, als ihn mit seiner Zunge aufzunehmen. Heftig leckte er sie und nahm ihren Kitzler in seinen Mund. Es dauerte nicht lange, und Margaret kam. Bäumte ihren Unterkörper auf, presste ihn in sein Gesicht und ließ es zu, dass nun auch sie von einem Orgasmus durchlaufen wurde. Sie schrie, als sie ihren Höhepunkt erreichte und gab ihm die ersehnten Tröpfchen aus ihrer Klitoris. Heftig leckte Chris sie ab und küsste die kleineren Schamlippen zärtlich.
Anschließend blieb er noch so auf ihr liegen, bis sie ihm durch Bewegungen zu verstehen gab, dass er zu schwer würde.
Als sie nebeneinander lagen, schmiegte sich Margaret eng an ihn und war kurze Zeit später tief eingeschlafen. Ein glückliches Lächeln umspielte ihre Lippen.

Chris ließ sie schlafen, deckte sie mit ihrem Kleid zu und beobachtete sie. Margaret war so ganz anders als Judy, und doch war sie auch wie Judy. Chris mochte Margaret sehr, und seine Gefühle für sie waren weit mehr als normale Freundschaft. Mehr wollte er aber nicht zulassen, obwohl es ihm, wenn sie bei ihm war, schwer fiel. Dass es

Margaret umgekehrt genau so erging, wusste er nicht.

‚Was Judy jetzt wohl machte?'

überlegte er und musste lächeln. Bei ihr war es noch Nacht, und bestimmt würde sie fest schlafen und von ihm träumen. Er blickte auf das Meer vor ihm. Genau auf der gegenüberliegenden Seite dieses großen Ozeans war Judy in diesem Moment, und die Sehnsucht nach ihr wurde immer größer, obwohl er hier neben Margaret im Sand lag und gerade ihre Scham und ihren Duft eingeatmet und ihre Tröpfchen in sich aufgenommen hatte. Fast wusste er nicht mehr, wie Judy schmeckte, und er nahm sich vor, in Zukunft etwas zurückhaltender zu sein. Aber das war leichter gedacht als getan.

Lange lagen Chris und Margaret so nebeneinander, bis es langsam Zeit wurde, zum Schloss zurück zu kehren. Vorsichtig versuchte Chris, sie zu wecken, indem er ihr zärtlich über ihren Rücken streichelte. Doch sie atmete nur etwas heftiger, wurde aber nicht wach. Dann versuchte er mit seinen Fingern, ihre Vagina zu erforschen, was Margaret veranlasste, im Schlaf ihre Beine etwas zu spreizen und seine Finger in ihr feucht werden zu lassen. Von diesem Anblick aufs Neue erregt, kniete sich Chris neben ihren Kopf, seine Finger immer noch in ihrer Vagina und versuchte, seinen Schwanz zwischen ihre Lippen in ihren geschlossenen Mund zu drängen.

Für einen Moment glaubte Chris, dass Margaret erwachen würde, aber sie tat es nicht. Wieder schien sie in feuchte Träume zu entgleiten, doch Chris hielt sie davon ab. Versuchte, mit seiner Eichel ihre zusammengepressten Zähne etwas zu lockern, um dazwischen zu gelangen. Und es klappte endlich. Immer noch leicht schlafend, öffnete sie ihre Zähne und erlaubte seinem Schwanz, in ihre Mundhöhle einzudringen. In diesem Moment wachte sie auf und wollte sich von dem Eindringling befreien, indem ihre Zunge ihn hinaus befördern wollte. Doch Chris, noch mehr erregt von dem Anblick, den sie ihm mit seinem Schwanz in ihrem Mund bot, hielt dagegen und presste ihn tief bis zu ihrem Schlund.

Margaret begriff jetzt erst, was ihren Mund ausfüllte und lächelte leicht, um dann sofort an seiner geschwollenen Eichel zu saugen und sie mit ihren Lippen festzuhalten. Ihre Hände umklammerten den Rest seines Schwanzes, der nicht in ihren willigen Mund passte, und massierte ihn leicht. Ihre Augen glänzten und zeigten Chris, dass sie mit seiner Art, sie aufzuwecken, voll und ganz zufrieden war. Dass es ihr ungemein gefiel und dass sie es kaum erwarten konnte, seinen Samen zu schlucken. Mit seinen Fingern massierte er sie heftig in ihrer feuchten Fotze, und die andere Hand hatte sich um ihre Brust gelegt und massierte sie dort.
Als er seinen Daumen an ihren Kitzler legte und anfing, sie auch dort zu massieren, stöhnte sie laut auf, und ihre Augen verrieten ihm, dass es genau das Richtige war und genau das, was sie wollte. Heftigst mit ihrem Mund an seiner Eichel saugend und mit ihren Fingern an seinem Schwanz reibend, zuckte ihr Körper auf. Chris hatte ihr gerade mit seinem Daumen an ihrem Kitzler zu einem Orgasmus verholfen.

Sie wollte ihre Lust hinausschreien, aber Chris verhinderte es, indem er ihr seinen Schwanz tief in ihre Mundhöhle presste und selbst kam und seine Ejakulation in ihren Rachen spritzte.

Gierig saugte sie sein Sperma aus seiner Eichel, konnte nicht genug davon bekommen. Sie richtete sich etwas auf und saugte immer wieder, bis sie sich versichert hatte, dass sein Schwanz leer war. Erst dann legte sich Margaret zurück auf die Decke und lächelte zufrieden.

„Du schmeckst gut, Chris. Ich mag, wie du schmeckst."

„Ich mag auch, wie du schmeckst, Margaret, Ich kann auch nicht genug von dir bekommen."

Noch eine kleine Weile lagen sie nebeneinander, um dann aufzubrechen, um sich für das Mittagessen umzuziehen. Das Oberteil des zweiteiligen Badeanzuges von Margaret blieb verschollen, genau wie das Unterteil, und sie musste ohne sie zurück zum Schloss.

„Gut, dass du ein Kleid anhattest,"

scherzte Chris, und beide lachten.

Chris stieg in seine nassen Shorts und warf das mitgebrachte Badetuch über seine Schulter.

Langsam stieg sie vor ihm die steilen Stufen hinauf. Chris verlangsamte seine Schritte, sodass Margaret ein paar Stufen über ihm ging. Jedes Mal, wenn sie ein Bein hob, um die nächste Stufe zu erlangen, konnte er einen kurzen Blick auf das werfen, was sich zwischen ihren Beinen versteckte. Zart rot schimmerten ihre gekräuselten Schamhaare und gaben einen Blick auf ihre dazwischenliegenden Schamlippen preis. Außerdem wippten ihre beiden Pobacken bei jeder Stufe, was Chris fast dazu gebracht hätte, sie zu umklammern und so mit ihr die Treppen hinauf zu gehen.

Als Margaret bemerkte, dass Chris sie beim Treppensteigen beobachtete, ließ sie ihm den Vortritt. Als er sich an ihr vorbeizwängte, zog sie seine Bermuda Shorts mit einem Ruck nach unten. So ließ sie ihn an ihr vorbeigehen, und nun beobachtete Margaret, wie sich sein strammer Hintern nackt und bloß die Treppen hinauf bewegte. Chris musste schmunzeln bei dem Gedanken an seinen Anblick, und auch Margaret lachte auf. Doch es gefiel ihr, seinen nackten Arsch zu beobachten, und erst als sie beide fast oben angekommen waren, zog Chris seine Hose wieder hoch und verdeckte seine Blöße.

Kapitel 13

Der Tag, an dem Margaret das Schloss verlassen sollte, um wieder zu ihrer Universität zurückzukehren, war gekommen. In der vergangenen Nacht hatten sie und Chris sich leidenschaftlich geliebt und so Abschied voneinander genommen. Jedes Mal, wenn Chris aufstehen wollte, um in sein Zimmer zurück zu gehen, hatte sie ihn angefleht, noch ein wenig zu bleiben. Und Chris war geblieben. Erst als der Morgen graute und es Zeit war aufzustehen, hatte er sie verlassen. Es war nicht nur Margaret schwer gefallen, ihn gehen zu lassen, es war auch Chris schwer gefallen, von ihr zu gehen. Margaret und Chris wussten, dass sie sich nie mehr wiedersehen würden, und das machte den Abschied für beide so schwer. Lange küssten sie sich ein letztes Mal. Es war kein leidenschaftlicher Kuss gewesen, eher ein zärtlicher Kuss, den beide nie mehr vergessen würden.

Dann hatte sich Chris von ihr losgerissen und war aus ihrem Zimmer gestürmt. Auch dem geplanten gemeinsamen Frühstück mit ihr, Matthew und ihren Eltern ging er aus dem Weg.
‚Es ist besser so,'
redetet er sich ein, und vielleicht stimmte das ja auch. Margaret war traurig über seine Abwesenheit beim Frühstück, aber sie sagte nichts. Als sie sich in ihren kleinen Wagen setzte, um davonzufahren, glaubte sie einen kurzen Moment, ein Glitzern im Turmzimmer bemerkt zu haben.
‚Vielleicht steht er ja dort oben und beobachtet, wie ich davonfahre?'

dachte sie traurig und gab Gas. Sie wollte so schnell wie möglich weg, um den aufkommenden Tränen Einhalt zu gebieten, indem sie sich auf die Straße konzentrierte. Es war wirklich Chris gewesen, der sie mit dem Fernglas im Turmzimmer beobachtet hatte. Traurig sah er ihr nach und verabschiedete sich so von einer Frau, in die er sich ein wenig verliebt hatte.

An diesem Abend ging er alleine durch das Schloss und war plötzlich in dem Keller neben der Folterkammer. Gedankenlos hatten seine Schritte ihn hierhin geführt. Neugierig sah er durch die Spiegel und tatsächlich, im Raum nebenan befanden sich zwei Männer. Einer von ihnen lag auf dem Bett und hatte seine Beine angezogen und gespreizt wie Frauen es tun, wenn ein Mann sie fickt. Sein harter Schwanz lag dabei auf seinem Bauch. Chris kannte den Mann nicht und schaute sich im Raum um, aber er konnte keinen anderen erkennen. Dann plötzlich, aus einer der Ecken, in die Chris keinen Einblick hatte, trat Mylord hervor.
Nackt und mit einem erigierten Schwanz trat er vor den Mann auf dem Bett, der ihn glücklich anlächelte und beobachtete, wie Mylord seinen Schwanz mit Vaseline einrieb. Dann kniete er sich zwischen die Beine des Mannes vor ihm und schob seinen Schwanz ganz langsam in den Arsch vor ihm.
Chris schnappte nach Luft. Etwas in ihm wehrte sich dagegen, einen Mann in der Position einer Frau zu sehen, aber die beiden Männer nebenan schienen es zu genießen.
Der Mann, der unten lag, hatte seinen Kopf etwas angehoben und beobachtete ganz genau, wie Mylord seinen großen, geschwollenen Schwanz Zentimeter um Zentimeter tiefer in seinen Arsch

drückte. Erst als er ihn ganz hinein gedrückt hatte, fing er an, ihn kräftig zu ficken. Beiden Männern schien es zu gefallen, denn selbst der Schwanz, der zwischen ihnen lag, zuckte.

‚So lieben sich Männer? In dieser Position?'
Chris war verwirrt. Dass sie sich gegenseitig in ihren Arsch ficken, wusste er wohl, aber nicht, dass einer von Beiden wie eine Frau mit gespreizten Beinen unter dem anderen lag.
Jedes Mal, wenn Mylord fast so weit war, dass sein Schwanz abspritzen wollte, hielt er inne und wartete etwas. Die beiden Männer wollten ihre Lust so lange wie möglich auskosten. Dann, kurz vor seinem eigenen Höhepunkt, ergriff Mylord den Schwanz des Mannes unter ihm und fing an, ihn kräftig zu reiben. Mit der einen Hand massierte er kräftig dessen Eier, und die andere massierte den langen Schaft des Schwanzes vor ihm. Je kräftiger er den Mann unter ihm jetzt in den Arsch fickte, umso kräftiger wichste er seinen Schwanz.
Dann spritzte Mylord ab, stöhnte laut auf, warf seinen Kopf nach hinten, presste seine Arschbacken zusammen und ejakulierte sein Sperma tief in den Arsch des Mannes unter ihm. Für einen Moment hatte er dessen Schwanz in seiner Hand losgelassen und kostete seinen eigenen Orgasmus aus, indem er ihn durch seinen ganzen Körper fluten ließ. Der Mann unter ihm schaute ihm gierig dabei zu und hatte Mühe, seinen eigenen Schwanz vor einem Orgasmus zu bewahren.

Erst als Mylord seine Lust durchlebt hatte, zog er seinen Schwanz aus dem Arsch des Mannes unter ihm. Langsam kniete er sich vor das Bett und die gespreizten Beine des anderen Mannes und nahm dessen Penis wieder in seine Hand. Ganz zärtlich leckte seine Zunge über die immens geschwollene Eichel und versuchte, mit seinen Lippen, die Tröpfchen, die sich am oberen Ende gebildet hatten, aufzusaugen und zu schlucken. Der Mann stöhnte auf und sah Mylord dabei tief in dessen Augen. Es dauerte nicht lange und der Penis konnte sich nicht mehr zurückhalten. Mylord saugte ihn mit aller Kraft und rieb ihn so fest er konnte auf und ab. Dann bekam Mylord das, wonach seine Lippen so begierig gesaugt hatten, und er schluckte den Samen tief hinunter. An seinem Adamsapfel konnte Chris erkennen, dass er mächtig zu schlucken hatte.

Der Mann, den Chris nicht kannte, hörte allmählich auf, seine Lust hinaus zu schreien. Mylord stand auf und legte sich neben ihn. So blieben beide Männer eine Zeitlang liegen.

Dann beugte sich Mylord über ihn und küsste ihn ausdauernd auf seinen Mund. Wie sie beide ihre Zungen einsetzten, konnte Chris nur an den Wangenmuskeln der beiden Männer erkennen. Sie bewegten sich heftig. Es war das erste Mal, dass er gesehen hatte, wie zwei Männer sich küssten und wie zwei Männer alleine miteinander Sex hatten.

Nachdem sich die beiden Männer wieder anzogen und sich voneinander verabschiedet hatten, verließ auch Chris das Kellergewölbe und begab sich in sein Zimmer.

‚Ob Mylord ein Schwuler war, der von der Tradition und der Familie gezwungen worden war, eine Frau zu heiraten? Oder ob er bisexuell war?'

Chris wusste keine Antwort auf diese Fragen und kannte auch niemanden, dem er diese Frage hätte stellen können.

Trotzdem schlief er schnell ein, und als er am nächsten Morgen erwachte, strahlte die Sonne vom Himmel. Es war ein wunderschöner Morgen, und es war noch ein wenig zu früh, um sich für das Frühstück mit Matthew anzukleiden. Seine Gedanken schweiften ab, und er musste an Margaret denken.

‚Ob sie auch gerade erwachte und alleine in ihrem Bett lag, so wie er? Ob sie ihn vermisste?'

Doch ein anderes Gesicht schob sich langsam vor das Gesicht von Margaret. Es war das lieblich lächelnde Gesicht von Judy, das ihn anstrahlte. Er sehnte sich in diesem Moment nach ihr, wie er es nie zuvor getan hatte. Wenn er an ihre gemeinsamen Zärtlichkeiten dachte, überfiel ihn eine wohlige Wärme. Wenn er an die Zeit mit Margaret dachte, überfiel ihn pure Lust. Jetzt wusste er, zu wem er gehörte, nämlich zu Judy.

Als er sie kennen lernte, war sie noch Jungfrau, und sie hatte ihren ersten Sex mit ihm erlebt. Scheu und zurückhaltend war sie gewesen, und er hatte große Angst gehabt, sie nach dem ersten Mal verloren zu haben. Aber dem war nicht so. Judy liebte ihn zu sehr, und mit der Zeit fing sie an, auch den gemeinsamen Sex zu mögen und Spaß daran zu haben. Vorsichtig erforschten sie ihre Körper, und Chris hatte ihr viel Zeit gegeben, auch seinen Penis zu mögen und in den Mund zu nehmen. Als er ihr das erste Mal sein Sperma in ihren Schlund gespritzt hatte, war ihr einziger Kommentar:

„Das schmeckt aber salzig."

Aber auch daran hatte sie großen Gefallen gefunden und konnte von da an nie genug davon bekommen. Am liebsten schluckte sie seine erste Ladung, denn sie sagte immer:

„die zweite schmeckt so fade."

Zuerst hatte sie sich etwas gesträubt, als er ihre dunkle Grotte zwischen ihren Arschbacken mit seinen Fingern ergründen wollte. Doch nach und nach hatte sie ihm erlaubt, auch dort zu spielen und fing allmählich an, es selbst zu genießen.

Chris nahm sich vor, keinen Sex mehr zu haben, bis er wieder bei ihr war. Er war gespannt, was sie über den Geschmack seines Samens sagen würde, wenn er sich die nächste Woche in Enthaltsamkeit üben würde.

‚Ob sie es überhaupt bemerken würde?'

Es klopfte, und Harvey wünschte ihm einen guten Morgen. Schnell stand Chris auf, duschte und beeilte sich, Matthew beim Frühstück Gesellschaft zu leisten.

„Ich möchte dich heute zu einem Rundflug einladen. Was hältst du davon, unseren Besitz einmal von oben zu betrachten? Ich müsste mir die etwas entfernt gelegenen und verpachteten Flächen ansehen."

„Gerne, das würde mir sehr große Freude bereiten."

„Gut, Chris. Dann treffen wir uns in einer Stunde vor dem Portal."

Nach knapp einer Stunde fuhren die beiden Freunde los und erreichten schon kurze Zeit später den kleinen Flugplatz, der nur für Privatflugzeuge zugelassen war.

Während sie über die riesigen Ländereien flogen, die Matthews Eltern gehörten, erzählte Matthew glücklich von Kathleen.

„Sie ist noch hübscher geworden, seitdem ich sie das letzte Mal gesehen habe."

„Ja, da muss ich dir recht geben, Matthew. Sie ist wirklich schön, nicht nur hübsch."

„Mit dir kann ich ja darüber sprechen, Chris. Es ist mir wirklich sehr schwer gefallen, enthaltsam zu bleiben. Bei jedem Kuss glaubte ich, mein Penis würde explodieren."

Es war das erste Mal, das Matthew so klar und ehrlich über Sex gesprochen hatte. Chris war erstaunt, sagte aber nichts, sondern hörte einfach zu.

„Noch nicht einmal ihre schönen Brüste habe ich berührt aus Angst, sie könnte es mir verübeln."

Ein tiefer Seufzer aus Matthews Mund folgte diesen Worten.

„Eigentlich bin ich froh, dass wir schon Ende der Woche wieder ins College zurück müssen. Da komme ich auf andere Gedanken, und es fällt mir nicht allzu schwer, meine Gefühle unter Kontrolle zu halten."

Fast hätte Chris ihm in diesem Moment erzählt, was er alles auf dem Schloss erlebt hatte, aber gerade noch im letzten Moment hielt er seinen Mund. Eine innere Stimme sagte ihm, dass es nicht gut wäre, Matthew damit zu konfrontieren.

‚Hoffentlich wird es ihm später nicht so ergehen wie seinem Vater, der sich nachts vor die Tür seiner Ehefrau schleicht und sie anbettelt, ihm sexuelle Freude zu bereiten und unverrichteter Dinge wieder gehen muss, um seine Begierde an den Dienstboten zu befriedigen,'
dachte Chris.

Später, nachdem sie wieder aufs Schloss zurück gekehrt waren und gemeinsam mit seinen Eltern zu Abend gegessen hatten, war Chris wieder sich selbst überlassen. Matthew wollte die letzten Abende, die er noch zuhause war, mit seinen Eltern zusammmen verbringen. Chris lief durch das Schloss und wusste nicht so recht, was er mit sich selbst anfangen sollte. So landete er notgedrungen wieder auf dem Turmzimmer. Es war eine sehr helle Nacht, und der Vollmond war klar und deutlich zu sehen. Das Meer lag ruhig weit unten, sodass man es kaum hören konnte. Überhaupt war es sehr still an diesem Abend.

Gerade als Chris das Zimmer wieder verlassen wollte, wurde in einem der Dienstbotenzimmer das Licht eingeschaltet. Neugierig nahm Chris das Fernglas und sah hindurch. Die junge Frau, die das Zimmer betreten hatte, kannte Chris nur von dem großen Fest. Sie hatte die Getränke gereicht.

Langsam zog sich die junge Frau aus, und als sie ganz nackt war, begab sie sich in das kleine Badezimmer nebenan. Dorthin konnte Chris nicht schauen, denn das kleine Fenster ließ keinen Durchblick zu.

Chris schien es wie eine Ewigkeit, bis sie wieder im Schlafzimmer erschien, immer noch nackt. Sie besaß einen schlanken Körper mit kleinen Brüsten, deren Warzen hart waren und abstanden. Auch ihre Beine waren schlank und je nach dem, wie sie sich drehte, konnte Chris ihren kleinen Venushügel mit goldenen Härchen erkennen. Ein paar Mal lief sie neben dem Bett auf und ab und legte sich dann darauf.

Ihre linke Hand nahm ihre rechte Brust und begann, sie zärtlich zu massieren und lang zu ziehen. Den Nippel drehte sie hin und her, was bewirkte, dass sich auch ihr Körper anfing, zu winden. Sie schien sich selbst Schmerzen zu bereiten und diese zu genießen.

Dann wanderte ihre rechte Hand über ihren Bauch hinunter und verfing sich in den gelockten Härchen über ihrer Scham. Sie zog an ihnen, und wie Chris an ihrem Mund erkennen konnte, stöhnte sie diesen kleinen Schmerz hinaus. Ganz langsam und zärtlich teilten nun ihr Zeige- und Mittelfinger die äußeren Schamlippen auseinander, sodass Chris genau dazwischen schauen konnte.

Schwer atmend drehte er sich herum.
‚Nein, ich will doch mein Sperma für Judy aufheben,'
fuhr es durch seinen Kopf. Aber sein Verstand versagte kläglich. Chris konnte nicht anders, er musste weiter zusehen, was diese Frau mit ihrem Körper machte.
Mittlerweile hatte sie ihre ganze Hand zwischen ihren dicken Schamlippen und massierte damit die kleineren dazwischen. Ihre linke Hand zog dabei den Nippel ihrer rechten Brust immer länger und zwirbelte ihn. Dann stand sie plötzlich auf und ging zu einer kleinen Kommode neben dem Bett. Aus einer der Schubladen holte sie mehrere Gegenstände und ging zurück zum Bett.
Chris sah, dass es verschieden große Dildos waren, die sie auf das Bett gelegt hatte. Sie nahm mehrere in ihre Hand und verglich sie. Dann entschied sie sich für einen großen, der das Aussehen eines Maiskolbens mit extrem dicken einzelnen Maiskörnern hatte und einen langen, dünnen. Dieser sah aus wie eine Salatgurke und war leicht gebogen.
‚Sie hat Spaß an Gemüse,'
dachte Chris und musste unwillkürlich lächeln.

Aus einer Tube entnahm sie etwas Creme und schmierte den länglichen Dildo damit ein. Tief bückte sie sich hinunter, zog mit ihrer linken Hand die Arschbacken auseinander und schob die Gurke langsam in ihr gerilltes, schwarzes Loch zwischen ihren Pobacken. Ein paar Mal stellte sie sich dabei auf, und Chris konnte durch sein Fernglas erkennen, wie sehr sie den Dehnungsschmerz in ihrem After genoss. Als sie die Gurke ganz tief in ihren Arsch gedrückt hatte, schaltete sie den Vibrator des Dildos ein und genoss für eine Weile das Gefühl, das er ihr bescherte. Tief hinunter gebeugt stand sie vor dem Bett und ließ Chris so an ihrer Lust teilhaben.

Natürlich blieb der Anblick ihres Hinterns, aus dem das Ende einer Gurke herausragte, nicht ohne Wirkung auf seinen Schwanz, dem es längst zu eng in seiner Hose geworden war. Doch Chris versuchte, ihn nicht zu beachten. Er wollte sich ab jetzt für Judy aufheben.

Die Hand der jungen Frau griff nach hinten und verstärkte den Vibrator, indem sie ihn um einige Höhen schneller einstellte. Nun vibrierten nicht nur ihre beiden süßen Arschbacken, jetzt vibrierten auch ihre Oberschenkel und der Rest ihres Körpers. Langsam richtete sie sich auf und legte sich dann mit ihrem Rücken auf ihr Bett. Dort spreizte sie ihre Beine und nahm den Vibrator, der aussah wie ein Maiskolben, und führte ihn genüsslich in ihre vor Nässe triefende Vagina. Da sie wieder so dalag, dass Chris genau zwischen ihre Beine sehen konnte, genoss er diesen Anblick und wartete darauf, was sie jetzt machen würde.

Sein eigener Schwanz vibrierte und klopfte in seiner Hose, und es gelang Chris nicht mehr, ihn unter Kontrolle zu halten.

‚Es ist nicht so schlimm, wenn er heute Abend noch einmal abspritzt,'
versuchte er sich einzureden.

‚Es bleiben immer noch fünf Tage, bis ich wieder zuhause bin, und dann noch etliche Tage, bis ich Judy wieder treffen kann.'

Die junge Frau auf dem Bett hatte ihre Augen geschlossen und gab sich ganz dem Gefühl der beiden Vibratoren in ihr hin. Ihre Wangen blähten sich auf, und daran konnte Chris erkennen, wie erregt sie war. Ihre Hände massierten ihre Brüste und zerrten vor Gier an ihren Warzen, so heftig, dass Chris Angst hatte, sie würde sie abreißen.
Dann schob sie langsam ihre rechte Hand hinunter, bis sie an ihrer weiblichen Scham angekommen war. Vorsichtig glitten ihre Finger darüber und streichelte sie zärtlich. Dann nahm sie ihren Kitzler zwischen Zeigefinger und Mittelfinger und fing an, ihn erst langsam und dann immer schneller zu massieren. Heftig glitten ihre Finger hin und her, und ihr Körper bäumte sich auf.

‚Was muss das für ein Gefühl sein?'
dachte Chris in seinem Turmzimmer.
‚Im Arsch ein Vibrator, in der Fotze einen Vibrator mit dicken Noppen und ihre Finger an ihrem Kitzler? Das kann sie so nicht lange durchhalten, ohne einen Orgasmus zu erlangen.'
Und Chris sollte recht behalten. Während er seinen Schwanz mit seinen Händen massierte und seine Vorhaut vor und zurück schob, explodierte der Kitzler der jungen Frau. Chris sah deutlich die Tröpfchen, die aus ihm heraussspritzten, und wäre am liebsten zu ihr gelaufen, um sie abzulecken. Er musste laut aufstöhnen, genau wie die Frau, die er heimlich beobachtete. Sie bäumte sich wild auf und gab so ihren Orgasmus kund.
In diesem Moment spritzte Chris ab. Er hatte sich nicht mehr unter Kontrolle und spritzte sein Sperma hoch hinaus, direkt in den Mund von Debbie, die ihn die ganze Zeit beobachtet und sich im richtigen Moment über seinen Schwanz gebeugt und ihn in ihren Mund genommen hatte.

Heftig schluckend nahm sie alles in ihrem Mund auf und sah ihm dabei in seine Augen.

„Debbie, was machst du denn hier?"
Keuchend, aber auch dankbar, sah Chris zu Debbie hinunter. Die nahm langsam seinen leer gesaugten Schwanz aus ihrem Mund und antwortete leise:
„Ich sah Sie hinaufgehen, und da bin ich Ihnen gefolgt. Ich dachte mir, dass ich Ihnen vielleicht nützlich sein könnte."
Ihre Antwort war einfach und treffend.
Chris zog sie nach oben und hielt sie einen Moment fest.
„Das war genau richtig, was du gemacht hast. Vielen Dank, Debbie."
„Jederzeit, Mr. Chris."
Schnell lief Debbie die Stufen hinunter, und Chris sah wieder durch das Fernglas. Die junge Frau gegenüber lag immer noch auf ihrem Bett, und die Vibratoren arbeiteten immer noch in ihrem Körper. Ein Lächeln war auf ihren Lippen. Die Beine hatte sie angezogen und breit auf das Bett gestellt. Chris konnte deutlich erkennen, wie stark die Dildos in ihr arbeiteten. Nach einer, wie es Chris schien, Ewigkeit, griff sie nach unten und schaltete den Dildo in ihrer Scheide aus. Dann zog sie vorsichtig den Maiskolben aus ihrer Vagina. Langsam glitt er aus ihr heraus, und sie nahm ihn vor ihren Mund und begann genüsslich, ihren eigenen Saft davon abzulecken. Als sie alles von ihm abgeleckt hatte, drückte sie ihn wieder tief in ihre Fotze, drehte ihn ein paar Mal hin und her, nahm ihn wieder heraus und leckte in erneut sauber. Tief steckte sie ihn in ihren Rachen, und es war so, als ob sie einen Schwanz mit ihrem Mund ficken würde.

Erst als sie den Maiskolben ganz sauber abgeleckt hatte, legte sie ihn auf die Seite. Langsam bewegten sich ihre Finger wieder nach unten zu ihrer Scham. Mit zwei Fingern umfasste sie ihren Kitzler und begann, ihn sanft zu massieren. Es schien Chris, als ob sie sich nicht wohl fühlte, so wie sie dalag. Erst nach einigem hin und her lag sie genau so wieder da, dass er ihr zwischen ihre Beine sehen konnte.

Die Gurke in ihrem Arsch vibrierte immer noch heftig, und sie schien es zu genießen. Wieder stellte sie ihre Beine weit auseinander gespreizt auf das Bett, sodass Chris einen noch besseren Blick auf ihre weibliche Scham hatte. Die Finger um ihren Kitzler massierten jetzt kräftiger, und die Hand an ihrem Busen massierte im Takt ihre Brustwarze. Chris bemerkte, wie sich ihre äußeren Schamlippen verdickten und so anzeigten, wie erregt sie war. Je kräftiger und schneller sie den Kitzler massierte, umso heftiger zog sie an ihrem Nippel, und schon nach kurzer Zeit erreichte sie einen neuen Orgasmus, der ihren ganzen Körper erzittern ließ. Dieses Mal steckte sie die Finger, die gerade ihren Kitzler zum Höhepunkt massiert hatten, in ihren Mund und leckte beide sauber ab. Dann nahm sie den Maiskolben, der neben ihr lag und steckte in tief in ihre nasse Fotze. Als sie sicher sein konnte, dass er wieder voller Fotzensaft war, zog sie ihn heraus und leckte ihn genüsslich ab. Dabei lächelte sie und genoss es sichtlich.

Aber sie schien noch nicht genug zu haben, denn kaum, dass sich ihre dicken Schamlippen wieder verdünnten, nahmen ihre Finger Besitz von ihrem Kitzler. Die andere Hand schob den Maiskolben tief in ihre Vagina, aber schaltete den Vibrator nicht ein. Erneut begann sie, ihren Kitzler zu massieren.

Erst sanft, dann kräftiger und immer schneller, bis er explodierte und die Tröpfchen auf ihre Finger spritzte. Mit einer Hand hielt sie ihren Mund zu, um den Schrei, der aus ihrem Mund kam, zu unterdrücken. Nachdem sie sich etwas beruhigt hatte, leckte sie ihre Finger, die ihr solche Wohltaten verschafft hatten, sauber. Dann zog sie langsam den Maiskolben aus ihrer feuchten, warmen Liebeshöhle und leckte ihn ab, bis er ganz von ihrem Saft befreit war. Eine Zeitlang lag sie still da, so, als ob sie darauf wartete, dass ihr Kitzler noch einmal nach Erlösung verlangte. Aber er schien befriedigt, und so griff sie wieder nach unten und schaltete den Vibrator der Gurke in ihrem Hintern aus. Vorsichtig stand sie danach auf und begab sich, mit der Gurke immer noch in ihrem Arsch, ins Badezimmer.

Leider konnte Chris nicht mehr sehen, was sie dort machte.

Er legte das Fernglas aus der Hand und ging zurück in sein Zimmer. Noch fünf Tage, dann würden er und Matthew dieses Schloss verlassen, um zum College zurück zu kehren. Chris hatte vor, die restlichen sechs Tage der Semesterferien bei seinen Eltern zu verbringen und pünktlich zum Semesterbeginn wieder auf dem College einzutreffen.

Vielleicht könnte er ja Judy überreden, dass er sie zuhause bei ihr besuchen konnte und sie anschließend gemeinsam zum College fuhren. Judy, seine wunderschöne Judy, er hatte große Sehnsucht nach ihr.

Kapitel 14

Heute war der vorletzte Tag vor der Abreise. Einerseits tat es Chris wirklich leid, schon abreisen zu müssen, da er seine Semesterferien auf diesem Schloss so richtig genossen hatte. Andererseits aber freute er sich sehr darauf, endlich Judy wieder zu sehen. In den letzten Tagen hatte er sie sehr vermisst und oft an sie gedacht. Als er erwachte, musste er erkennen, dass es noch früher Morgen war und alle im Schloss noch schliefen. Chris wusste nicht warum, aber etwas zog ihn zum Turmzimmer, und so entschloss er sich, einen Morgenmantel anzuziehen und hinaufzusteigen.

Oben angekommen empfing ihn eine empfindliche Kühle. Gerade als er das Zimmer verlassen wollte, bemerkte er einen Lichtschein ganz am Ende der Schlafzimmer der Bediensteten des Schlosses. Als er durch das Fernglas blickte, sah er, dass es das Zimmer von Harvey, dem Butler war. Es war weitaus größer als alle anderen Räume der Dienstboten. Harvey lag noch im Bett, aber er war nicht allein. Neben ihm schlief eine Frau, die Chris bekannt vorkam.

‚Wo habe ich diese Frau schon gesehen?'
überlegte Chris angestrengt, aber es fiel ihm nicht ein. Erst als Harvey aufstand und Chris einen besseren Blick auf die Frau werfen konnte, sah er, dass es die dicke Frau war, die er schon einmal in der Folterkammer beobachtet hatte.

Nachdem Harvey aufgestanden war, riss er die Bettdecke von der Frau und weckte sie rüde auf. Splitterfasernackt lag sie vor dem Diener und schämte sich offensichtlich nicht ihrer fetten Blöße.

Doch auch Harvey war nackt, und Chris war überrascht, welch athletischer Körper sich unter der Dieneruniform verbarg. Welch ein Kontrast zu der fettleibigen Frau in seinem Bett. Doch sie schien Harvey zu gefallen, denn plötzlich lächelte er. Chris konnte nicht hören, was die Frau zu ihm gesagt hatte, aber er konnte mit ansehen, was Harvey daraufhin tat. Tief beugte er sich über diese Frau und küsste sie sehr intensiv auf ihren Mund. Sie nutzte die Gelegenheit und zog ihn auf sich und hielt ihn dort fest.

‚Was für ein Anblick,'

dachte Chris eher amüsiert als angewidert. Harvey lag mit seinem sehnigen Körper auf diesem schwammigen, fetten Leib, und seine Hände begannen, sie zu massieren. Endlich ließ sie es zu, dass er sich von ihr herunter rollte und sie streichelte. Er brauchte beide Hände, um eine ihrer Brüste zu massieren, und es schien Chris, als ob er vor lauter Lust und Freude an ihrem Anblick jeden Moment abspritzen würde. Seine Streicheleinheiten wurden heftiger, und sein Kopf lief rot an. Dann kniete er sich über ihren Kopf und erlaubte ihr so, seinen Schwanz mit ihrem Mund zu befriedigen. In dieser Stellung kam er nicht an ihre weibliche Scham heran, sie war einfach zu dick.

Doch die Technik, mit der ihr Mund seinen Schwanz bearbeitete, schien Harvey sehr zu gefallen. Er vergrub seine Hände in ihren dicken Fettrollen und stieß seinen Schwanz immer tiefer in ihren Schlund. Mittlerweile hatte er den unteren Teil ihres riesigen Bauchumfangs mit seinen Händen erreicht, als er seinen Kopf erhob, nach hinten warf und in ihren Mund abspritzte. Die Frau unter ihm saugte heftigst und schluckte mehrmals, bis sie alles von ihm aufgenommen hatte.

Harvey sank über ihrem massigen Körper zusammen und blieb eine Weile liegen. Die Dicke unter ihm hatte seinen Hintern genau vor ihrem Gesicht und schlug ein paar Mal mit ihren Händen auf ihn ein. Harvey schien es zu gefallen, denn er drückte seinen Hintern noch dichter an sie heran. Erst als sein Arsch rot war von ihren Schlägen erhob er sich und begab sich zwischen ihre Beine. Sie versuchte, diese zu spreizen, was ihr aber nicht ganz gelang, sie war einfach zu fett. Nicht nur ihr Oberkörper wabbelte, auch ihre Beine waren so dick, dass es kaum möglich war, zwischen sie zu dringen, um in ihre Fotze zu gelangen. Doch Harvey kannte sich wohl aus. Auf einem kleinen Ständer neben dem Bett lag ein immens langer Dildo, der zudem noch sehr dick und mit einer gewaltigen Eichel versehen war. Ihn nahm Harvey und führte ihn in die Frau ein.

‚Wie sieht er denn, wo ihre Scheide ist?'
fragte sich staunend Chris in seinem Turmzimmer.
‚Er kann doch nur erraten, wo er den Dildo hinein schiebt.'

Es war wohl nicht das erste Mal, dass diese beiden Menschen ihre Lust befriedigten. Denn sowie Harvey den Dildo fast ganz zwischen ihren Beinen hinein geschoben hatte, stellte er den Vibrator an und brachte die ganze weibliche Masse zum Beben. Nun griff die Frau an ihren Bauch und zog die Fettschicht nach oben und gab den Blick auf ihre weibliche Scham zum Teil preis. Gierig beugte sich Harvey hinunter und vergrub sein Gesicht in ihr, während seine Finger an ihrem Kitzler spielten. Schnell und heftig massierte er ihn, und genauso schnell und heftig bewegte er seinen Kopf hin und her.

Es dauerte nicht lange, und die Frau kam. Entleerte ihren Kitzler in den hungrigen Mund von Harvey, der heftig daran saugte. Kaum, dass er ihn entleert hatte, zog er auch schon seinen Kopf zurück. Nicht eine Sekunde zu früh, denn die Frau ließ die Fleischmassen ihres Bauches los.

‚Sie hätten Harvey erdrückt,'
dachte Chris mehr amüsiert als erschrocken.

‚Gut, dass er sich rechtzeitig entfernen konnte.'
Doch es war wohl nicht das erste Mal, dass die Beiden ihre Lust gegenseitig befriedigten. Vorsichtig zog Harvey den Dildo aus ihr heraus und gab ihn ihr. Lustvoll leckte sie ihn sauber, während Harvey im Badezimmer verschwand.

Nach einer Weile kam er frisch geduscht wieder heraus. Zärtlich bückte er sich zu der Frau, die noch immer in seinem Bett lag und küsste sie. Dann streichelte er ihren Körper, küsste sie noch einmal und begann, sich anzuziehen. Die Frau sah ihm dabei zu und sagte etwas, was Harvey zu einem Lächeln veranlasste. Chris konnte sie natürlich nicht verstehen, aber es schien, als ob die beiden Menschen, die er beobachtet hatte, sich wirklich lieben würden.

Schnell begab sich Chris wieder nach unten in sein Zimmer, und als Harvey ihn später weckte, stellte er sich schlafend. Während er sich für das Frühstück anzog, bedauerte er, dass es bereits der letzte Tag vor dem Abreisetag war. Auch Matthew schien an diesem Morgen nicht sehr glücklich zu sein, und so hingen beide Freunde ihren Gedanken nach.

„Ich werde heute noch einmal zu Kathleen fahren. Ich muss sie einfach noch einmal sehen."

„Das ist ein guter Gedanke, Matthew. Ich wünsche dir einen schönen Tag."

„Danke, Chris, und sorry, dass ich dich schon wieder alleine lasse."

„Ist schon gut, mein Freund. Ich kann dich nur allzu gut verstehen."

Später sah Chris aus einem der Fenster, wie Matthew sich in den schweren Austin setzte und davon brauste. Er konnte es kaum erwarten, seine Verlobte zu sehen.

,Er muss ade sagen, und ich kann es kaum erwarten, Judy wieder zu sehen. Eigentlich bin ich der Glücklichere von uns beiden, wenigstens im Moment.'

Diese Gedanken beflügelten Chris, als er sich zum letzten Mal die steile Treppe hinab begab, um im Meer zu schwimmen. Das kühle Wasser tat ihm gut und befreite ihn von all dem, was er hier auf dem Schloss erlebt hatte. Hoffnungsvoll konnte er jetzt zu Judy zurückkehren. Er würde ihr nichts von dem erzählen, was er im Turmzimmer gesehen und erlebt hatte, und er würde ihr auch wahrscheinlich nichts von dem Geschehen im Folterkeller erzählen. Aber das wusste er noch nicht genau. Das würde die Zeit mit sich bringen.

Nachdem er eine Weile im Meer geschwommen hatte, legte er sich in den mittlerweile von der Sonne erwärmten Strand. Die Erinnerung an das, was er und Debbie und was er und Margaret hier erlebt hatten, durchflutete ihn.

,Was Margaret wohl gerade machte?'

Aber er verwarf diesen Gedanken sofort. Er musste sie vergessen und durfte nicht mehr an sie denken. Genau wie mit Debbie. Er musste beide Frauen vergessen, sowie er dieses Land verließ. Doch Chris hatte auf einmal die Befürchtung, dass er jedes Mal, wenn er mit Judy Sex haben würde, an die Geschehnisse auf diesem Schloss denken müsste. Doch es hatte keinen Zweck, sich jetzt schon Sorgen darüber zu machen. Er musste einfach abwarten, was die Zeit bringen würde.

An diesem Nachmittag machte er wieder einen langen Spaziergang und kehrte erst abends wieder zurück.

„Mr. Matthew ist noch nicht zurück. Er rief an und sagte, es könnte etwas später werden. Sie müssen allein zu Abend essen, da auch Mylady und Mylord außerhalb speisen."

„Ist nicht schlimm, Harvey. Es macht mir nichts aus, wirklich nicht."

So speiste Chris alleine in seinem Zimmer und war doch etwas traurig, dass sein letzter Abend so trostlos verlief.

Sehr viel später, als er schon im Bett lag, öffnete sich vorsichtig die Tür. Es war Debbie, die sich wie ein Dieb hereinschlich.

„Bitte entschuldigen Sie, Sir Chris, aber ich wollte mich von Ihnen verabschieden."

Chris war gerührt.

„Debbie, das ist nett von dir, wirklich. Damit machst du mir eine große Freude."

‚Es gibt also doch etwas Menschliches in diesem alten Gemäuer,'

dachte er und bat Debbie, sich zu ihm auf das Bett zu setzen.

Debbie kam nur zögernd näher und setzte sich auf die äußerste Bettkante. Chris zog sie zu sich hinunter und küsste sie zärtlich und lange auf ihren Mund. Es war nichts Begehrliches in diesem Kuss, sondern reine Wärme, und Debbie verstand es auch so. Sie sah ihn minutenlang an und streichelte sein Gesicht mit ihren Händen.

„Ich werde morgen nicht da sein, daher sage ich Ihnen jetzt auf Wiedersehen, Sir Chris, und alles Gute für Sie."

„Danke, Debbie. Ich wünsche dir auch alles Gute für die Zukunft und vielen Dank für alles, was du für mich gemacht hast."

Debbie errötete tief und lief schnell aus dem Zimmer. Gut, dass Chris nicht wusste, dass Debbie sich unsterblich in ihn verliebt hatte und den Schmerz darüber in ihrem Zimmer hinaus weinte. Lange lag sie auf ihrem Bett, und es dauerte eine Ewigkeit, bis sie sich beruhigt hatte und in einen unruhigen Schlaf fiel. Chris wusste auch nicht, dass Debbie sich den folgenden Tag freigenommen hatte. Niemals hätte sie es fertig gebracht, ihn gemeinsam mit den anderen Angestellten kühl zu verabschieden.

Am nächsten Morgen frühstückten Mylady, Mylord, Matthew und Chris ein letztes Mal zusammen. Dann fuhr James den Wagen vor, und die beiden jungen Männer verabschiedeten sich. Keiner von ihnen sprach ein Wort, als sie zum Flughafen fuhren. Gerne hätte Chris seinen Freund nach dem gestrigen Tag gefragt und wie sein Besuch bei Kathleen verlaufen war, doch er traute sich nicht. Noch nie hatte Chris seinen Freund Matthew so ernst gesehen. Matthew trug schwer an dem Gedanken, seine Braut sechs Monate lang nicht sehen zu können, und wäre am liebsten da geblieben.

So saßen zwei Freunde schweigend nebeneinander im Flugzeug. Einer von ihnen, Chris, konnte es kaum erwarten, endlich zu landen und dem anderen, Matthew, wurde es bei jeder Meile, die sich das Flugzeug von seiner Heimat entfernte, schwerer ums Herz.

Doch sie waren beide jung, und bald würde sie die Wirklichkeit wieder einholen. Chris wusste, während der Zeit des Studiums würde Matthew nicht sehr viel Zeit haben, seinen Gedanken nachzuhängen und die Zeit bis zum Ende des Semesters würde für ihn vergehen wie im Flug.

Und er selbst hatte ja seine Judy. Er freute sich riesig auf sie und konnte es kaum erwarten, sie in seinen Armen zu halten.